고아와 같이 버려두지 아니하시고

고아와 같이 버려두지 아니하시고

ⓒ 홍성애, 2024

초판 1쇄 발행 2024년 8월 26일

지은이   홍성애
펴낸이   이기봉
편집   좋은땅 편집팀
펴낸곳   도서출판 좋은땅
주소   서울특별시 마포구 양화로12길 26 지월드빌딩 (서교동 395-7)
전화   02)374-8616~7
팩스   02)374-8614
이메일   gworldbook@naver.com
홈페이지 www.g-world.co.kr

ISBN   979-11-388-3450-6 (03810)

• 가격은 뒤표지에 있습니다.
• 이 책은 저작권법에 의하여 보호를 받는 저작물이므로 무단 전재와 복제를 금합니다.
• 파본은 구입하신 서점에서 교환해 드립니다.

고아와 같이
버려두지
아니하시고

의정부 가능중앙교회 홍성애 사모의 신앙에세이

홍성애 지음

하나님의 이정표 따라
매일 감사와 기쁨의 찬송을 부르는 삶

좋은땅

하나님 그리고 교우들 덕분에 늘 행복합니다

나는 장성한 두 자녀를 두고 있고, 칠순을 바라보는 장년의 여성이다. 젊은 날엔 기독교 신용협동조합에서 일명 홍 과장으로 불리며 20년간 근무했다. 1996년 퇴직, 현재까지 28여 년째 남편 정남훈 목사와 함께 의정부 가능동에 있는 가능중앙장로교회를 섬기고 있다.

5세 어린아이였던 나는 엄마와 사별하고, 10세 때부터 남의집살이를 하며 '청양고추보다 더 매운' 고생을 했다. 18세 때 작은 언니의 사랑으로 경민여자상업고등학교를 다니게 되었다. 그 학교에서 사랑의 예수님을 만난 후 새로운 삶을 살게 되었다. 1984년 10월 27일 두 살 연하의 남편과 결혼했다. 아들 하나 딸 하나를 선물로 받았다. 어느덧 아이들이 장성하여 며느리도 맞이했다. 사회생활에 바쁜 아들 내외를 돕는 마음으로 우리 부부는 손주 둘을 차례로 돌보며 지낸다. 덕분에 환하게 웃을 일이 더 많아졌다.

젊은 시절의 나는 직장에선 간부 여성으로, 교회에서는 집사와 사모로 살았다. 가정에서는 평범한 주부로 살았지만, 인생의 뒤안길에서 일어나는 다양한 상황을 긍정적으로 받아들이려 노력하며 기쁨으로 순종해 왔다. 환갑이 지나 오늘에 이르기까지 임마누엘 하나님의 크신 은혜를 체험했다. 언제나 나와 함께하시는 하나님의 크신 사랑과 은혜를 글로써 남기고 싶었다. 비록 깨알 같은 순간순간의 기록이지만, 이 간증을 접하는 사람들 모두가 성령 하나님의 선물인 은혜의 물줄기를 가뭄 속 단비를 맞는 것처럼 체험할 수 있으면 좋겠다. 아니 그렇게 되기를 기도한다.

몇 년 전 국민일보에 실린 봉은희 작가의 '북코칭 클래스' 소개 기사를 읽는데, 자석처럼 끌렸다. 나도 꼭 참석해 보고 싶었다. 하지만 여건이 허락되지 않아 차일피일 미뤘다. 그러다가 코로나 펜데믹이 닥치기 전, 내가 다시 의지를 보이자, 남편은 쾌히 북코칭 교실에 등록해 주었다.

어릴 때 객지로 떠돌아다녔지만, 주님을 만난 이후로는 안정된 가운데 날마다 주님과 동행하며 여기까지 걸어왔다. 내가 그분에게 나의 삶을 올인(All-in)하자, 그분은 내 인생을 책임져 주셨다. 우리 부부는 남남으로 만나 둘이 하나가 될 때 주님께 이렇게 고백했다. '혼자보다 둘이 하나 되어 하나님께 영광을 돌리겠습니다.' 지금도 항상 이 기도를 하는 것은 혹여 우리 둘이 짝짜꿍이가 되어 하나님보다 우리 자신을 앞세우는 일이 없게 되기를 바라며 스스로를 경책하기 위함이다.

우리 내외가 늘 하나님께 감사드리는 것은 처음 예수를 영접할 때부터 하나님의 말씀인 성경이 100% 그대로 믿어진다는 것이다. 은혜 가운데 가장 큰 은혜이다.

가족과 성도님들 그리고 지인들 모두께 지면을 통해 인사할 수 있게 되어 감사하고 기쁘기 그지없다.

"하나님 아버지. 가능중앙교회 교우님들. 그동안 저희 부부를 사랑해 주시고 믿음 안에서 동역해 주신 모든 은인 여러분. 고맙습니다. 사랑합니다. 특별히 주 안에서 동고동락해 온 성도님들의 사랑과 수고를 결코 잊지 않겠습니다."

2024년 6월 초 홍성애

당신을 존경합니다

당신을 존경합니다. 늘 본받고 싶고 따르고 싶었던 당신이 었는데 먼저 손 내밀어 준 당신, 존경합니다.

감히 시도조차 하지 못했던 목회의 꿈을 이룰 수 있도록 모든 것을 희생한 당신, 존경합니다. 위기의 상황에서 포기하지 않고 일어설 수 있게 힘이 되어 준 당신, 존경합니다.

어릴 때 받았던 마음의 상처를 온전히 치유할 수 있도록 도와준 당신, 존경합니다.

목회 준비의 시간이 예정보다 많이 지체되어도 격려하며 묵묵히 기다려 준 당신, 존경합니다. 교회에 부임할 때 그 누구보다도 더 기뻐했던 당신, 존경합니다. 출산 후 몸도 추스르지 못한 상태임에도 주의 전에 올라 예배드린 당신, 존경합니다.

한 번도 물질의 종이 되지 않고 그것을 다스려 온 당신, 존경합니다. 힘들어 지치고 넘어질 상황에서도 주님만 의지하는 당신, 존경합니다. 기도하고 열심히 노력했지만, 그 결과가 넉넉지 않아도 감사하는 당신, 존경합니다.

늘 항상 내 편이 되어 준 당신, 존경합니다.

교회에서 그리고 노회와 지역사회에서 섬김을 이어갈 수 있도록 큰 힘이 되어 준 당신, 존경합니다. 마음 상한 일이 있어도 언제나 기도와 감사로 해결한 당신, 존경합니다.

아이들을 위해 온전히 희생하며 기도하고 사랑한 당신, 존경합니다. 언제나 하나님께 말과 행동으로 영광 돌리는 당신, 존경합니다.

이제 자신의 삶 가운데 일하셨던 하나님을 소개하고 전하려는 당신, 존경합니다.

당신의 영원한 동반자 **정남훈** 목사

상흔을 치유받는 교제

홍성애 사모님을 알게 된 지가 벌써 40여 년이나 되었다. 홍 사모님의 남편과 같은 신학교를 다녔다. 그 시절엔 대다수의 신학교 학생들이 가난했다. 그중에 우린 특히 더 가난했다. 그때 정 목사님은 자전거를 타고 의정부에서 학교가 있는 상계동까지 통학했는데, 일주일에 한두 번 그 자전거 뒤에 함께 타고 기혼자였던 친구 집에 가곤 했다. 정 목사님이 마르고 키가 안 큰 것이 힘들게 나를 자전거에 태우고 다녀서 그런 것은 아닌가 하는 생각이 든다.

의정부 안골에 위치한 친구의 집에 가면, 뒤이어 사모님이 직장에서 돌아왔다. 그리곤 부랴부랴 저녁을 차려 주셨다. 특별히 김치볶음이 맛있었다. 그때부터 오늘날까지 정 목사님과 막역한 관계를 이어올 수 있었던 것은 사모님의 배려와 섬김 덕분이라고 믿고 있다. 사모님은 남편이 강도사 인허를 받자, 승승장구하던 직장을 미련 없이 그만두었다. 그리곤 사모로서 내조하며 늘 목회에 진심이었다. 섬기는 교회가 크지도 화려하지도 않지만, 사모님의 삶의 자취는 주님을 사랑하는 한결같은 마음이 느껴진다.

기차와 버스를 갈아타며 강원도로 떠났던 신혼여행 때 수요기도회 대표기도를 빼주지 않아서 신혼여행 도중에 돌아와서 기도했다는 이야기를 들었다. 교회와 주님의 일에 진심인 것을 새삼 느낄 수 있었다. 또 홍성애 사모님은 지혜롭고 현명하며, 고운 품성까지 지녔다. 간혹 대화중에 누군가가 입에 오르내리는 일이 있을 때면, 그때마다 지혜롭게 개입해서 우리를 악의 굴(?)에 빠지지 않게 했다. 예사롭지 않은 인고의 어린 시절을 보냈기에 남들보다 깊은 상처가 있을 법도 하건만, 언제나 순진무구한 품성을 잃지 않고 살아가신다.

저자인 홍성애 사모님의 신앙기록을 읽노라니, 그동안 40여 년을 가까이 지내며 이 분에게 받았던 은혜가 새삼 새겨진다. 이 책을 접하노라면 사람에게 품었던 미움이 녹아내리고 오랜 상처가 치유되는 경험을 하게 될 것이다.

파주 다사랑교회 **원용택** 목사

사모의 사모님

30여 년 전 가정선교교육원에서 기독교 상담공부를 하면서 홍성애 사모님을 만났다. 그때부터 기도의 동역자로 함께하며 우정을 이어오고 있다. 공부에 동참했던 선후배 사모 20여 명이 한 달에 한 번씩 모여 기도 제목을 나누며 기도하고 위로하고 위로받는 모임을 이어오고 있다. 30여 년 동안 홍성애 님의 간증을 들을 때마다 어린아이처럼 되지 아니하면 하나님 나라에 갈 수 없음이라 하신 말씀이 생각났다. 그만큼 사모님은 항상 순수한 믿음, 100% 하나님 신뢰의 믿음을 가졌다. 상담공부를 할 때에도 120명이 넘는 수련생들 가운데 가장 생생한 기억을 남긴 분이다.

이 책의 저자인 홍성애 사모님이 자신의 삶을 솔직하게 발표할 때마다 듣는 사람 모두 함께 울고 웃었다. 이토록 천진난만한 홍 사모님은 짧기만 했던 어린 시절의 행복과 힘들었던 청년기와 그리고 현재에 이르기까지 삶의 굽이굽이를 이 책에서 진솔하게 풀어냈다. 특히 유년의 일화에는 숨기고 싶었던 기억도 있으련만, 숨김없이 솔직하게 표현하셨다. '순금처럼 단련하신 후에 하나님의 능력과 영광을 나타내게 하시기 위한 과정이었노라'는 고백에 모두 깊은 감동을 느꼈다. 인생의 순간순간마다 우리 하나님이 어떻게 연단하시고, 사랑해 주시고, 보호하시며 동행하셨는지를 담아낸 이 책은 읽는 이들에게 크신 하나님의 섭리와 사랑을 알게 할 것이다. 하나님을 믿되 순수한 어린아이처럼 100퍼센트 신뢰하고 100퍼센트 순종하는 믿음의 사람으로 도전이 될 줄 믿는다.

5세에 눈앞에서 어머니를 잃었고, 새엄마로부터 적잖은 구박을 받았으며, 어린 나이에 식모살이하고 또 공장에 다녀야 했던 소녀. 그러느라 초등학교도 제대로 다니지 못했던 십대 청소년. 그럼에도 하나님 아버지를 최고로 여기며 믿음으로 살면서 축복의 주인공으로 변모해 가는 저자의 이야기는, 지금 이 순간 몸과 마음이 지쳐 삶의 의지를 잃어버린 사람에게 다시금 용기와 꿈을 일으켜 세우도록 독려하는 응원의 메시지가 되어줄 것이다.

모든 인생의 인도자이신 하나님 아버지를 자랑하기 위해서 이 책을 출판하게 됨을 진심으로 축하드립니다.

천안 **이순옥** 사모

목차

선교사 파송 예배에서 생긴 일

1982년 1월 어느 주일 저녁의 일이다, 저녁예배를 드리는데 감당할 수 없는 눈물이 쏟아졌다. 나는 예배시간 내내 하염없이 울었다. 왜 그렇게 눈물이 쏟아졌는지 지금도 이해 못할 사건이었다. 그날은 청년회장을 지낸 정 선생의 군대 입대를 앞두고 담임목사님이 '평신도 선교사 파송 예배'란 현수막을 걸고 특별예배를 드리는 중이었다. 예배가 끝날 무렵, 나는 정 선생에게 꼭 이야기해야겠다는 생각이 불현듯 일었다. 정 선생은 그날도 여느 때처럼, 외지고 어두운 산동네에 사는 나를 데려다주었다. 얼마 후 집에 다다랐으나 나는 도저히 그냥 헤어질 수가 없었다.

"우리 함께 좀 더 얘기하다가 헤어져요."

연인 사이도 아니었건만, 우리는 헤어짐이 아쉬운 연인처럼 이슥한 밤길을 계속 걸으며 이야기를 나누었다. 나는 밤 12시가 다 되어서야 말문을 열었다.

"정 선생이 만약 주의 길을 간다면 함께 하고 싶어요."

나로서는 아주 큰 용기가 필요한 말이었다. 경기공업전문대학을 나온 정 선생은 그 당시 기사 자격증이 있는 유능한 청년이었다. 이제 군대만 다녀오면 교사로 나갈 수도 있고, 대기업에 취업이 가능한 인재였다. 느닷없는 나의 제안에 정 선생은 다음 날 답을 주겠노라며 돌아갔다.

다음 날, 우리는 약속이나 한 것처럼 똑같이 하루를 금식했다. 평소 정 선생은 금식을 못 하는 체질이었는데, 그로서는 대단한 결심을 한 셈이었다. 직장에서 퇴근 후 정 선생과 도봉산 제일기도원 관내에 있는 산 중턱에 올라 평평한 바위에 앉았다. 때는 1월 중순이라서 날씨는 차갑고 바람도 사나운 겨울날이었다. 세심한 정 선생은 큰 가방에 성경책과 담요를 가지고 왔다. 나의 진지한 권유가 있기 전, 우리 염광교회 김해동 목사님도 기회가 있을 때마다 신실한 정 선생에게 신학을 공부하라 권유했다. 그때마다 정 선생은 "감히 제가 어려운 그 길을 갈 수 없다." 답했었다. 그런데 뜻밖에 나까지 주의 길을 가자고 한 것이었다. 더구나 두 살 연상의 여자가 프러포즈를 얹어서.

추운 바위 위에서 열심히 기도하던 내게 그가 말했다.

"홍 집사님만 함께 해 주신다면, 그 길을 가겠습니다."

그 말을 듣는 순간 나는 심장이 멎는 것 같았다. 가슴이 두 근거렸다. 우리는 서로 두 손을 잡고 기도한 후, 그 밤에 우리 집으로 갔다. 이 소식을 들은 우리 가족(큰언니 부부와 작은 언니)은 모두 환영했다. 다음 날 정 선생은 논산훈련소로 떠나기 전에 목사님을 찾아가서 우리의 관계를 말씀드리고 군에 입대했다.

사실 그간 나는 정 선생의 신앙생활을 존경해 왔었다.

강릉행 신행 야간열차

1984년 10월 28일 주일 저녁예배를 드리던 중이었다. 목사님이 '전날 결혼한 신혼부부가 나와서 특별 찬양하라.' 하셨다. 우리는 감사함으로 순종했다. 〈십자가를 질 수 있나〉라는 찬양을 드렸다. 그 예배가 끝나자마자, 우리는 곧장 청량리 기차역으로 달려갔다. 밤 10시가 다 되어 역에 도착했을 때, 야간열차 좌석은 모두 매진 상태였다. 신혼여행을 설악산으로 갈 생각으로 부랴부랴 왔는데 표가 없단다. 돌아오는 수요일 예배에 내가 대표기도를 맡게 돼 있었다. 서울에서 하룻밤을 보내고 다음 날 여행길에 오르면 돌아오는 일정이 너무 빠듯할 것 같았다. 할 수 없이 우리는 입석표를 샀다. 입석도 사람들이 한곳에 몰리지 않도록 배정 칸이 있었다. 우리가 배정받은 자리는 열차 맨 끝인 9호 차였다. 그런데 아직 출발 시간이 되지 않아서인지, 좌석이 많이 비어 있었다. 새신랑은 신혼 예복을 입고 서 있는 신부가 안쓰러웠는지 어쩔 줄 몰라 했다.

"여기 빈 좌석에 잠깐이라도 앉아요."

나는 망설이다가 민망해하는 신랑을 생각해서 빈자리에 앉았다. 기차가 떠날 시간이 다가오자, 사람들이 한 사람, 한 사람씩 좌석번호를 찾아오기 시작했다. 입석표를 구매했던 사람들이 하나둘씩 자리에서 일어났다.

"우리도 미리 일어나 있어요."

"좌석 주인이 올 때까지 그냥 앉아 있어요."

새신랑은 일어나려는 내 손을 잡았다.

드디어 강릉행 야간열차가 출발했다. 열차가 달리는 중에도 우리가 타고 있는 칸은 제일 뒷부분인 9호 차였기에, 사람들이 계속 자기 자리를 찾아왔다. 입석으로 가는 사람들도 많던 시절이었다. 기차는 첫 정거장인 양평역에 도착했다. 그때까지 우리가 앉아 있는 좌석의 주인은 나타나지 않았다. 기차는 다시 출발했고, 우리는 종착역인 강릉까지 앉아서 갈 수 있었다. 기차에서 내리면서 나는 새신랑에게 귓속말로 속삭였다.

"주님께서 우리(부부)를 배려해서 특별히 예매를 해두셨나 봐요."

나를 홀린 고급 레스토랑

현재는 목동에 있는 기독교방송국이 종로 5가에 있을 때의 일이다. 나는 스물두 살이었으며 의정부신협에서 직장생활을 하고 있었다. 그 당시 의정부에 사는 사람들에게 종로 5가는 가장 근사한 만남의 장소였다.

어느 토요일 오후, 나는 전에 미리 주문해 둔 학생부 성가대 옷을 찾으러 버스를 타고 종로 5가에 갔다. 서울에 사는 작은 오빠의 소개로 분위기 좋은 고급 레스토랑에서 오빠의 후배와 미팅을 했다. 맛있는 것도 먹고 얘기도 하고, 분위기에 푹 빠져서 시간 가는 줄도 몰랐다. 정신을 차렸을 땐 이미 토요일 학생부 예배가 끝난 시간이었다. 그날은 내가 신앙생활을 시작한 이후 처음으로 예배시간에 참석하지 못한 날이었다. 그때 하나님께 말로 표현할 수 없을 만큼 죄송했다. 사람과 색다른 환경에 도취해, 내 삶에서 항상 우선순위였던 하나님을 밀어낸 나 자신의 연약한 믿음을 들여다본 기회가 되었다. 그 사건을 계기로 나는 아주 중요한 결단을 내렸다.

"하나님 아버지. 저는 이 세상에서 주님을 제일 첫 번째로 사랑합니다. 주님이 원하시면 혼자 살겠습니다. 그러나 저 혼자보다 제게 짝을 주셔서 둘이 함께 하나님을 기쁘시게 해드리고, 또 저희가 연합하여 하나님의 영광을 드러내기를 바라신다면 제게 짝을 허락해 주셔요. 오직 주님만이 제 삶의 우선순위, 1위이십니다."

예배를 빠뜨린 그날 저녁 나는 은밀히 하나님께 사랑의 고백을 드렸다. 68세인 지금도 우리 주님에 대한 내 사랑은 변함이 없다.

우리 가족, 우리 집

내가 7세까지 살던 우리 집은 종로구 예지동에 있었다. 서울 시내 중심지였다. 그 동네에선 전차가 다니는 걸 매일 볼 수 있었다. 또 그 전차를 탈 수도 있었다. 전차 철길이 우리의 놀이터나 마찬가지였다. 못을 주워서 철길 위에 올려놓으면, 전차 바퀴가 납작못으로 만들어 놓았다. 단단하고 뾰족한 못이 순식간에 칼날처럼 납작못이 되곤 했다. 이 신기한 체험은 아이들에게 신묘한 요술 놀이와 같았다.

우리 가족은 가족목욕탕에 자주 다녔다. 어느 날 우리 온 가족 7명이 함께 목욕탕에 갔다. 언니 오빠들이 서로서로 등을 밀어주며, 물바가지에 물을 담아 아버지에게 물장난을 쳤다. 나는 남탕과 여탕이 따로 있다는 것을 좀 더 나이든 후에 알게 되었다. 우리 가족은 자주 단체로 움직였다. 중화요리집도 가고, 고향이 개성 장단이던 아버지가 만두를 좋아해서 개성 만두집에도 자주 갔다. 당시 아버지는 동대문 광장시장에서 점포 2개를 운영했다. 우리 가족은 경제적으로 비교적 여유로운 생활을 했던 것 같다. 병원에도 자주 갔으며, 주사를 맞는 날엔 잘 참았다며 초콜릿이나 바나나로 보상을 해 주었다. 덕분에 나의 치아는 일찍부터 썩었다. 그 무렵 내 엉덩이엔 주사 맞은 자국이 자주 생겼다. 어릴 때 병원에 자주 다닌 덕분일까. 나는 지난 60여 평생 우리 두 아이를 출산하러 산부인과에 간 것 외엔 병원 신세를 진 적이 거의 없다. 엄마는 늘 나를 데리고 다니셨다. 언젠가 엄마와 함께 창경원, 비원, 덕수궁 등 여러 고궁에 간 기억도 있다. 고운 한복을 입은 엄마를 따라다니며 친지들에게 막둥이 사랑을 듬뿍 받았다.

엄마, 우리 엄마

"엄마. 엄마. 엄마!"

나의 울음소리에 근처에 있던 큰언니가 달려왔다.

"큰언니, 엄마가 물에 빠졌어."

큰언니와 나는 강물만 바라보며 하염없이 울었다. 엄마가 소풍 가자며 큰언니와 나를 데리고 한강 상류인 광나루에 갔던 날이 바로 그날이었다. 울고 있는 우리 곁으로 아저씨들이 다가왔다. 엉엉 울고 있는 우리 자매를 엄마가 있는 강 건너편으로 데려갔다. 그곳 강둑에 우리 어머니가 누워 있었다. 물에 젖은 채 꼼짝도 하지 않은 어머니 주변으로 구경꾼들이 모여 들었다. 어머니의 배는 남산만큼 불룩해져 있었다.

"엄마. 엄마."

울며불며 아무리 불러도 어머니는 대답이 없었다. 그날의 모습이 다섯 살배기의 기억에 남은 엄마의 마지막 얼굴이었다. 큰언니는 울다 지쳐 눈물 콧물 범벅이 된 나를 업고 집으로 돌아왔다. 기별을 받지 못한 채 퇴근하여 집으로 돌아온

아버지는 마당에서 손에 든 과일 봉지를 놓친 것도 잊은 채
한동안 망연히 서 계셨다.

2장

잃어버린 것과 잊히지 않는 것들

5남매 모두 집을 떠나다
화려한 종로 3가에서 달동네 상계동으로
큰고모부가 나를 찾아오셨다
내 인생의 대박, 경민학원
고등학교 떨어지면 남의 집 애 봐야 한다
작은언니는 나의 친정엄마

5남매 모두 집을 떠나다

10세 되던 1966년 여름. 무슨 까닭인지 새어머니와 동생들만 새어머니 친정집으로 갔다. 매일 두 동생과 아버지 새엄마 4식구가 아침밥을 먹고 나면 함께 나갔는데, 오늘은 아버지가 왜함께 안 가실까 궁금했다. 하지만 나는 아버지가 집에 계셔서마냥 좋았다. 그동안 나는 부모님이 기성회비를 주지 않아서학교에 가지 못하고 있었다. 그래서 3학년 1학기까지만 학교에다녔다. 그날은 아버지가 집에 계셔서 신나게 놀았다. 집안에서 누군가의 눈치를 보지 않고 뛰노는 것이 얼마 만이던가.

"성애야, 아버지랑 함께 어디에 가야 하니, 어서 깨끗이 씻어라."

그 말씀에 아버지랑 단둘이 나들이라도 가는 줄만 알았다.

"부잣집으로 가면 그 집에서 학교도 보내 주고, 먹을 것도많이 있고, 너는 그 집의 딸이 되는 거란다. 성애야, 부잣집으로 갈래?"

"싫어요."

내가 싫다고 했지만, 아버지는 내 손을 잡고 종로 3가에 살던 우리 큰외삼촌 댁에 나를 데려가셨다. 그 집에는 내 또래도 있었고, 언니 3명과 오빠와 동생도 있었다. 모두 9식구였다. 그날부터 나는 그 집에서 심부름하는 아이가 되었다. 밥하고 빨래하고 잔심부름하고.

10세였던 내게는 모든 일이 버거웠다. 어떤 날은 큰외숙모 심부름으로 사촌들이 다니는 교동국민학교(교동초등학교)에 도시락을 전해 주러 간 적도 있었다. 나도 또래 아이들처럼 학교에 가고 싶었으나, 외삼촌 댁은 나를 학교에 보내 줄 형편이 아니었다. 그러나 나는 밥을 실컷 먹을 수 있고, 춥지 않은 곳에서 잠을 잘 수 있는 것만으로도 좋았다. 왜냐하면, 정릉의 국민대학교 근처인 배밭골 우리 집에서 살 때, 아침 한 끼만 먹고 나머지는 거의 굶는 날이 많았다.

나중에 알게 된 사실이지만, 부모님과 동생들은 아침을 먹은 후 외가에 가서, 저녁밥을 먹고 밤이 되면 집으로 돌아왔다고 한다. 집에 혼자 남아 배고픔을 견디던 나에게 주인집 할머니가 가끔 남은 밥을 챙겨 줄 때가 있었는데, 그럴 땐 하루에 두 끼를 먹는 날이었다. 한겨울에도 냉방에서 오직 이불 하나만으로 깔고 덮고 살았기에, 열 살배기였던 나는 큰외삼촌 집에서 새벽에 일어나 밥을 짓는 것도 좋았고, 학교에 다니지 못해도 괜찮았다.

우리 형제는 모두 5남매였다. 큰오빠, 큰언니, 작은오빠, 작은언니, 그리고 나. 하지만 새어머니가 들어온 후 제일 먼저 큰언니가 남의 집으로 보내지고, 뒤이어 큰오빠가 객지로 나갔다. 작은오빠는 쫓겨나고, 작은언니도 남의 집으로 보내졌다. 결국 마지막 남아 있던 나마저 집을 떠나게 된 것이다. 이제 집에는 아버지와 새어머니와 동생 둘만 남았다. 동생들은 새어머니와 아버지 사이에서 태어난 자녀들이다. 새어머니는 처음 시집간 곳에서 아이를 낳지 못해서 이혼을 당했다. 아이를 낳을 수 없으니 우리 5남매를 잘 키워 보고 싶다고 해서 아버지와 결혼하게 되었다. 새어머니는 우리 5남매를 극진하게 돌보셨다. 그러나 자신의 몸으로 자식을 낳게 되자, 완전히 사람이 변했다. 새어머니는 우리 5남매를 차례차례 모두 쫓아냈다.

하지만 돌이켜 생각해 보면, 집을 떠난 것이 우리 형제들에게는 오히려 잘된 일이었다. 5남매 모두가 흩어져서 각자 나름대로 모진 고생을 했기에, 단단한 사람으로 우뚝 설 수 있었다. 또 철들 무렵부터 서로 도와주고 챙겨 주고 형제간의 우애는 오히려 더욱 돈독해졌다. 무엇보다 우리 5남매가 모두 예수님을 영접하고 하나님의 자녀들이 되었으니, 하나님의 이끄심이며 은총이 아닐 수 없다.

화려한 종로 3가에서 달동네 상계동으로

어릴 적 큰외삼촌 집에서의 일과는 고되고 힘들었지만, 네 온사인이 화려한 종로 3가의 삶은 즐거웠다. 저녁이 되면 피카디리극장 앞 광장에서 술래잡기 다방구 등 놀이를 하면서 밤이 늦도록 놀았다. 길 건너에 있는 단성사 극장보다 외가가 있던 방향의 피카디리극장 앞 광장이 훨씬 더 넓고 뛰어놀기에 안성맞춤이었다. 영화도 언제든지 볼 수가 있었다. 키가 작다 보니 어른들 옆에 서서 따라 들어가면 무사통과 되었다.

12세가 되던 해에 철없이 뛰놀던 피카디리극장 광장과 헤어지는 날이 왔다. 종로 3가에 있던 무허가 건물들이 철거되자, 외삼촌댁이 상계동으로 이사하게 된 것이었다. 물론 큰외삼촌 집도 무허가 건물이었다. 집안 사정이야 어찌 되었든 밤이 대낮같이 밝던 광장을 이제는 갈 수가 없었다.

외삼촌댁이 이사 간 상계동은 공동묘지를 밀어내고 다듬은 산골짜기였다. 철거민들이 천막을 치고 사는 어둡고 삭막한 곳이었다. 화려한 피카디리극장과 광장이 있던 동네와는 전혀 달랐다. 이사 후 처음에는 거의 모든 마을 사람들이 천막에서 생활했지만, 이후에는 집이 하나둘 들어서기 시작했다. 산기슭을 허물고 만든 장소인지라, 비탈이 있었다. 어른들 삶이 고달프거나 말거나 아이들은 여름에는 물줄기를 막아 장난을 쳤고, 겨울에는 미끄럼을 타고 놀았다. 화려한 네온사인은 없었지만, 철없던 나도 소박한 산골동네 상계동에서의 삶에 차차 적응되어 가고 있었다.

한번은 그곳에서 죽을 뻔했던 일도 있었다. 천막집 지붕에 덮개를 덮고, 여기저기 어른 머리만 한 큰 돌들을 올려놓은 집에 살았다. 사촌들은 학교에 가고, 어른들은 출타하고, 혼자 집에 남아 있던 나는 쪼그리고 앉아서 작은 돌멩이로 공기놀이를 하며 놀았다. 한참을 혼자 놀다 지루해서 일어나 밖으로 나가려고 한 발짝을 뗐는데, 그 순간 내가 앉았던 바로 그 자리에 큰 돌이 떨어졌다. 순간 정신이 멍했다. 정통으로 머리에 맞았으면 상계동은 나의 무덤이 되었을 것이다.

큰고모부가 나를 찾아오셨다

상계동에 사는 큰외삼촌 댁의 사정이 어려워졌다. 식모나 다름없던 나는 외삼촌 집 근처의 공장에 다니게 되었다. 13세 때였다. 고급 이쑤시개를 만드는 공장이었는데, 어느 날 근무 중에 전화 연락을 받았다. 친언니들이 나를 찾아왔다는 것이다. 부랴부랴 외삼촌 집으로 가 보니, 낯익은 얼굴들이 나를 반겼다. 거의 5~6년 만에 보는 큰언니와 작은언니였다.

그날은 마침 아버지 생신이어서, 충북 단양에서 큰고모부님도 올라오셨다. 얘기를 나누던 중 막내인 내 근황을 들으시고는 단양에 데리고 가서 학교에 보내겠으니 어서 가서 데려오라고 하셨단다. 아버지 동기간은 4형제였다. 오래전부터 생일을 맞으면 서울, 인천, 의정부, 충북 단양 각처에서 모두 한자리에 모이곤 했다.

나는 큰고모부와 함께 청량리에서 중앙선 열차를 탔다. 부산까지 가는 완행열차였다. 처음 타 보는 기차가 신기하기만 했다. 고모부는 단양으로 곧장 가지 않고 도중에 원주역에서 내렸다. 원주에서 대학교 교수로 있는 둘째 아드님 댁에서 하룻밤을 묵고, 다시 기차를 타고 단양 큰고모 집으로 갔다. 큰고모는 나를 아주 반갑게 맞아 주셨다.

큰고모부께서는 공직에 근무했던 덕분에 가정형편은 넉넉했다. 나는 그곳에서 사는 동안 큰 혜택을 입었다. 고모부님은 초등학교 3학년 1학기 중도 하차한 나를 5학년 2학기에 편입시켜 주셨다. 당시 내 나이는 13세 6학년 나이였다. 서울은 연합고사를 치르고 중학교를 무시험으로 들어갈 수 있었지만, 지방은 1년 후부터 실시되었다. 5학년 편입은 뒤처진 공부를 하는 기회가 되어 6학년으로 편입하지 못한 것이 나에게는 잘된 일이었다.

시골 친구들은 내가 서울에서 전학 왔으니 공부를 잘하는 줄 알고 있었다. 그러나 막상 5학년 2학기 말 시험 때 내 성적은 반에서 꼴찌였다. 6학년이 되었을 때 나는 열심히 공부했다. 그리고 이듬해 단양여자중학교에 무난히 합격했다.

60이 넘은 지금까지, 나에게 공부할 기회를 주신 큰고모님 내외분에 대한 고마움을 잊은 적이 없다. 돌이켜보니 하나님께서 큰고모부를 나에게 보내 주심으로써 내가 외삼촌 집에서 나올 수 있었고, 또 배움의 길을 열어 주셨다는 것을 깨닫게 되었다.

내 인생의 대박, 경민학원

1974년 3월. 고등학교 입학식 때 나는 처음으로 찬송가를 불렀다.

"복의 근원 강림하사 찬송하게 하소서"(개편 찬송가 60장)

기독교 사립학교인 경민학교는 나를 예수님과 만나게 해 준 특별한 곳이다. 경민학원을 설립한 홍우준 학원장님은 94세의 일기로 지난 2018년 3월 하나님의 부르심을 받으셨다.

졸업 후 내 꿈 가운데 하나는 언젠가 모교에서 후배들에게 간증하는 것이었다. 나는 늘 '내가 행복하고 감사한 삶을 사는 것은 우리 학교에 입학해서 예수님을 만났기 때문'이라고 자랑하고 싶었다. 나는 경민여상 1회 졸업생이다. 홍우준 교장 선생님은 기회가 있을 때마다 학생들에게 신신당부하셨다.

"여러분들이 우리 학교 경민의 얼굴입니다. 사회에 나가서 정직하고 멋지게 살아야 후배들도, 학교도 빛날 수 있습니다."

학교에선 매일 두 차례씩 각반별로 꼭 예배를 드렸다. 조회 시작 전에는 '오늘도 경민 동산에 올라와 공부하게 해 주신 하나님 아버지 감사합니다.' 종례 시간에는 '오늘도 경민동산에 올라와 공부 잘하고 집으로 가게 됨을 감사합니다.' 기도했다. 우리 반 학생 모두 똑같이 하는 기도였지만, 나는 그 시간이 너무 행복하고 즐거웠다.

학원장님은 1년에 한두 차례 외국인 선교사님을 모시고 특별부흥회를 열어 주셨다. 학교 운동장에 전교생이 모여서 예배드리고, 구원초청도 하고 함께 찬양을 부르는 것은 무엇과도 비교할 수 없는 장관이었다. 특히 의정부 관내에 있는 각 교회가 연합하여, 경민 교정에서 장엄하게 드리는 부활절 새벽예배는 매우 감동적이고 가슴 벅찬 행사였다. 안식 후 첫 날, 여인들이 부활하신 예수님을 만난 것처럼 학원장님의 배려로 경민 동산에서 이 멋진 일을 할 수 있었다.

물론 믿음은 교회에서 쑥쑥 자라났다. 하지만 기독교를 접하게 된 것은 학교 덕분이었다. 내 인생에 최고의 전환점을 마련해 준 나의 모교 경민학원. 앞으로도 더 많은 멋진 예수의 자녀들이 우리 학교를 통하여 배출되기를 간절히 기도한다.

고등학교 떨어지면 남의 집 애 봐야 한다

작은언니는 나보다 겨우 2살 위였다. 그런데 서울에 살던 작은언니가 하나밖에 없는 동생을 고등학교에 보내 주려고 나를 데리러 충청북도 단양 큰고모님 댁으로 내려왔다. 나는 중학교를 졸업하면 단양 읍내에서 취직할 생각이었다. 그런데 고등학교 공부를 시켜 준다는 말에 너무 좋아서 냉큼 이불 보따리를 싸 들고 작은언니를 따라나섰다. 우리는 의정부에 방을 얻고 고등학교 정보를 알아보았다. 1974년은 경민여자상업고등학교가 처음 생긴 해다. 대학에 가려면 의정부여고에 원서를 넣어야 하겠지만, 현재 형편으로는 대학은 꿈도 꿀 수가 없었다. 여상을 졸업하면 바로 취업을 할 수가 있으므로, 나는 경민여자상업고등학교에 원서를 냈다.

의정부에는 작은고모님이 살고 계셨다. 그래서인지 우리 자매에겐 의정부가 그리 낯설지 않았다. 언니를 무조건 따라는 왔지만, 고등학교시험이 문제였다. 시골에서 공부했으니 도시 학생들보다 많이 부족한 것 같아 조바심이 들고 걱정이 되었다. 예비소집 일에 학교에 갔다. 경민여자중학교 학생과 의정부여자중학교 학생이 대다수였다. 멀리 지방에서 온 학생은 달랑 나 하나였다.

"고등학교 입학시험에 붙으면 학교를 보내 주지만, 떨어지게 되면 남의 집에서 아이를 봐야 한다."

작은언니의 으름장에 정신이 번쩍 들었다. 공부가 너무 하고 싶었던 나는 열심히 준비해서 좋은 성적으로 고등학교에 합격했다. 합격 소식을 듣고 너무 좋아서 날아갈 것 같았다. 더 좋은 것은 남의 집으로 일하러 가지 않아도 되었으니, 세상을 다 얻은 기분이었다.

"작은언니, 고마워. 최고."

작은언니는 나의 친정엄마

작은언니는 나에게 친정엄마와 같은 존재다. 천방지축 철부지 동생인 나를 먹이고, 교육하고 양육했다. 그때 언니의 나이 20세였다. 나보다 겨우 두 살 위인 언니가 스스로 자청하여 나의 보호자가 되어 준 것이었다. 고등학교도 다니게 해주었다. 나는 그런 은혜도 아랑곳없이 언제나 언니에게 대들고 어리광을 부리며 함부로 했다.

작은언니와 나는 다른 형제들보다 새어머니 슬하에서 더 오래 살았으므로, 우리 자매가 함께 배를 곯던 기억을 더 잊지 못하고 있는지도 모른다. 아직 미성년이던 두 오빠와 큰언니는 집에서 쫓겨나다시피 집을 떠나가고, 열 살 안쪽의 우리 두 자매만 새어머니 곁에 남겨졌다. 유복하게 살던 기억이 엊그제인데, 매일 눈칫밥 한 끼로 허기를 달래야 했던 우리의 유년. 그런데 바로 위인 언니는 단지 언니라는 이유만으로 나의 보호자가 되는 훈련을 받았던 것 같다. 새엄마가 우리 집에 들어왔을 때 언니의 나이는 고작 7세였다.

두 살 위인 작은언니는 기억의 폭이 나보다 더 넓었던 탓일까. 언니의 내면에 자리한 상처가 의외로 깊었던 것 같다. 소리가 안 나는 총으로 우리를 쏴버리고 싶다던 새엄마의 독설과 배고팠던 기억을 언니는 오래도록 품고 있었다. 배가 고파서 열어 봤던 쌀독에 선연히 찍혀 있던 새어머니의 손바닥 자국과 어린 동생의 배고픈 눈물이 교차하던 잔상은 작은언니의 가슴에서 쉽사리 지워지지 않은 모양이었다. 그리하여 동생에게 사랑을 퍼주어도 퍼주어도 채워지지 않는 허기로 자리한 것은 아닐까.

내가 결혼할 때도 언니는 친정엄마가 해 줄 수 있는 모든 혼수를 마련해 주었다. 산후 뒷바라지부터 직장에 다니느라 엉망인 내 살림살이까지 모두 언니의 손길이 안 닿은 곳이 없었다. 심지어 내가 퇴직하고 싶다고 말했을 때, 찰나의 망설임도 없이 잘했다고 유일하게 응원한 사람이 우리 작은언니였다. 개척교회를 섬길 때도 언니는 늘 나의 후원자였다. 우리 아이들의 교육비도 거의 언니가 부담해 주었다. 아이들의 교육비가 전혀 준비되어 있지 않은 우리 가정에 언니는 무조건적인 사랑과 지원을 아끼지 않았다.

"엄마는 이모에게 무법자야."

우리 아이들의 표현이다. 감사한 것은 아이들과 남편이 언니의 헌신과 사랑을 늘 알아준다는 점이다. 그들은 나의 작은 언니가 우리 가정 아니 당신의 동생을 위해서 얼마나 헌신적으로 돌보았는지를 잊지 않고 있다. 아직도 앞으로도 변함없이 우리 가족을 살뜰히 챙겨 주신다는 것을 믿어 의심치 않는다. 그래서인지 아이들은 엄마인 나보다 이모와 더 친근한 측면이 있다.

늘 미안하고 감사한 우리 작은언니.

나는 아직 언니에게 받은 사랑을 갚기에 미흡하지만, 우리 하나님께서 사랑하는 언니에게 다 보상해 주실 것이라 확신한다. 주의 일을 열심히 하는 동생을 뒷바라지했으니, 반드시 심은 그대로 거두게 하시는 우리 하나님을 너무나 잘 알기 때문이다.

언니. 고마워요. 언제나 사랑하고 존경합니다. 우리 오래오래 건강하게, 행복하게 호성, 예진이에게 효도 받으며 남은 삶을 주님과 함께 기쁘게 살기로 해요.

나의 서원 기도

1986년 12월 의정부 가능1동에 있는 시민회관에서 한빛맹아학교 학생들의 발표회가 있었다. 직장 상사로 있는 이사장님이 그 학교의 교장 선생님이셔서 조합의 전 직원이 모두 참석했다. 장애인들이 수화로 하나님께 찬양을 올리는 모습을 보며 나는 큰 감명을 받았다. 그때 나는 둘째를 낳지 않고 장애인들을 섬기고 싶은 감동이 왔다.

"하나님. 첫아이만으로도 부모님의 사랑과 하나님의 사랑을 깨달았사오니, 둘째는 갖지 않고 그 대신 장애인들을 돌보는 일을 하겠습니다."

나는 하나님께 눈물로 서원했다. 그 후 나는 그 약속을 지키기 위해서, 남편이 둘째를 갖자고 할 때마다 얼버무리며 남편 모르게 피임을 했다. 혹시라도 내가 하나님께 약속한 서원을 파기하면 하나님이 우리를 책망하실 것 같아 노심초사하면서 5년을 버텼다. 그러던 어느 날 수요예배를 드리러 갔다. 그때 마침 담임목사님이 서원 기도에 관한 말씀을 전하셨다.

민수기 30장에 나오는 '부녀가 서원한 것을 남편이 듣고 즉시 NO 하면 그 부녀의 서원은 무효가 된다.'는 말씀이었다. 나는 귀가 번쩍 뜨였다. 첫아이 호성이가 혼자여서 늘 안타깝게 생각하던 터였다. 그런데 오늘 강단에서 선포된 그 말씀은 꼭 내게 전하는 메시지 같았다. 뿐만 아니라 둘째아이를 은근히 기대하게 되었다.

그날 저녁 수요예배를 마치고 돌아온 남편에게 5년 전의 서원을 고백했다. 그때 남편은 내가 다니는 교회가 아닌, 다른 교회에서 교육전도사로 섬기고 있었다. 남편은 '꼭 아기를 낳지 않고 장애인들을 도와야하겠냐'고 물었다. 남편은 '둘째를 낳고도 할 수 있는 일'이라고 나를 안심시켰다. 그리고 나의 서원 기도가 무효가 되게 기도해 주었다. 이후 편안한 마음으로 하나님께 둘째를 허락해 달라고 간절히 기도했다. 첫아이 출산 후 5년 만의 노산이어서 또 아이를 갖는 일이 쉽지는 않았지만, 신실하시고 좋으신 하나님께서 최고의 선물인 딸을 보내 주시고 자연 분만도 허락해 주셨다.

하나님 감사합니다.

엄마, 출애굽기가 너무 재미있어요

이슬비 전도학교 강의를 받으러 7살 예진과 함께 2박 3일 일정으로 곤지암 소망기도원에 갔다. 교육 일정이 얼마나 빡빡한지 아침 9시부터 밤 10시까지 강행군이었다. 아이들은 강의실에 들어올 수조차 없었다. 딸 예진은 혼자 밖에서 놀면서 쉬는 시간에 잠깐 보는 엄마를 사흘 동안 기다렸다. 보채지 않고 기다려주는 딸이 기특하고 대견스러웠다. 우리가 머물던 숙소는 사모님들과 전도사님 12명이 방을 함께 썼다. 저녁 늦게 강의를 다 듣고 들어온 나에게 아이가 말했다.

"엄마, 출애굽기가 너무 재미있어요."

함께 있던 사모님들과 전도사님들은 영특하다며 칭찬했다. 예진의 다른 일화도 있다. 내가 구역 강사로서 구역예배를 인도하던 어느 날, 공과 내용이 구약성경 룻기에 등장하는 나오미의 며느리 룻의 고백이었다. '어머니의 하나님이 나의 하나님'이라고 하신 말씀을 구역 식구들과 함께 나누었다. 그날 구역예배를 드리고 집으로 돌아왔을 때, 예진이 말했다.

"엄마가 믿는 하나님이 나의 하나님이셔요."

그즈음 우리 구역장님은 50대 후반이었는데, 글을 전혀 몰 랐다. 구역예배 드릴 때 일곱 살짜리 예진이가 구역 식구들과 함께 성경 말씀을 또박또박 읽는 것을 보고 도전받은 구역장 님은 의정부시청에서 진행하는 문해교실에 즉시 등록했다. 어 린아이도 글을 아는데 어른인 당신이 글을 모르는 것이 부끄 럽다며 큰 결심을 한 것이다. 평생 글을 모른 채 살았어도 불 편함이 없었는데, 예진이 덕분에 글을 배우게 되어서 공부하 는 기쁨을 누리고, 글도 읽게 되었다며 두고두고 말씀하셨다.

캐나다의 변상호 목사님

평상시에 자녀가 캐나다에서 잘 살고 있다고 늘 자랑하던, 친가의 큰집 사촌언니 집을 방문했다. 작은오빠와 함께였다.

우리 아들이 캐나다로 워킹홀리데이를 떠나게 되었으니 도와달라는 내 부탁에 사촌 언니는 끊이지 않던 자식 자랑은 어디로 가고 변명만 줄줄이 늘어놓았다. 경기가 어렵다느니, 집 안에 복잡한 일이 생겼다느니, 이런저런 핑계가 많았다. 우리는 그만 단념하고 다른 방법을 찾기로 했다. 경제적 여유만 있다면 캐나다 현지 학원에 등록하고 공부하는 것이 별일도 아니련만, 우리 형편으로는 오직 주님만 의지할 수밖에 없었다. 결격사유 없이 캐나다에 갈 수 있게 건강검진도 통과되었으니, 주님의 인도하심을 바라며 더욱 간절히 기도하기로 했다.

마침 그 무렵 캐나다에 있는 숭실장로교회를 섬기는 변상호 목사님의 이야기를 국민일보 기사를 통해 읽었다. 농어촌에서 홀로 사시는 미자립 사모님들을 캐나다에 초청, 10박 11일간 무료로 여행시켜드리고, 행복하게 섬긴다는 내용이었다. 그 기사를 보는 순간, 왠지 내 기도에 대한 응답이라는 감동이 왔다. 나는 관계된 집사님과 연락해서 변상호 목사님께 우리 아들을 부탁드려 달라고 요청했다.

두 주일여가 지난 어느 토요일, 교회 주방에서 주일 중식을 준비하는데 캐나다 숭실장로교회 변상호 목사님께서 직접 전화를 주셨다. 아들을 돌봐줄 터이니 염려치 말고 보내라고. 할렐루야!

변 목사님은 아들이 캐나다에 도착한 날부터 다시 집으로 돌아오는 날까지 살뜰히 보살펴 주셨다. 여호와 이레- 하나님의 전적인 은혜였다. 아들은 군에 입대했을 때 최전방에서 근무하느라 주일예배를 빠뜨린 적이 많이 있었다. 그러나 캐나다에 가서는 도착한 주일부터 한국으로 돌아오는 주일까지, 예배에 한 번도 빠지지 않고 주일학교 교사로, 찬양단원 등으로 여러 분야에서 봉사했다. 게다가 그곳에서 지내는 동안 성도님들의 사랑을 듬뿍 받았다. 또 한국으로 돌아올 땐 각 부서 지체들로부터 금일봉과 선물을 한 아름 받아 왔다. 우리 아들을 예뻐해 주신 변 목사님 내외분과 교회 성도님들에게 지금까지 늘 고마운 마음을 갖고 있다. 농어촌에 홀로 남은 사모님들을 섬기시는 이 멋진 사역을 매년 기쁨으로 감당하시는 변상호 목사님 내외분과 성도님들에게 엄지 척을 보내드리고 싶다.

"아주 멋지신 분들. 하늘나라 상급이 크실 거예요."

우리 가능중앙교회

내가 40세, 남편이 38세이던 1997년 10월 26일 주일이었다. 오전 주일예배를 처음 세워지는 교회에서 드리게 되었다. 예배 후 광고시간에 다음 주에 올 때는 교회 이름을 하나씩 적어 오라는 광고가 있었다. 우리는 설교를 선뵈러(?) 온 사람이라 교회 이름을 적어 낼 수는 없었다.

집으로 돌아오는 차 안에서 남편에게 말했다.

"나도 교회 이름을 써서 낼 수 있다면, 이 동네가 가능동이고 내가 가고 싶었던 곳이 중앙교회이니까 교회 이름을 '가능중앙교회'라고 하면 좋겠어요."

다음 주 남편이 정식으로 청빙을 받아 그 교회에 가 보니, 교회 이름이 '가능중앙교회'로 정해져 있었다. 할렐루야! 마음에 품은 것까지 세밀하게 응답하시는 우리 하나님을 찬양하지 않을 수 없었다.

남편은 1996년 10월 22일 가을 노회 때 목사 안수를 받으면서 하나님께 기도드린 이야기를 했다.

"하나님 아버지. 부교역자로서 오래 섬겼는데, 이제부터 부목사로 꼭 1년만 섬기게 해 주세요."

기도드린 후, 정확히 1년 뒤에 청빙을 받고 섬기게 된 우리 가능중앙교회가 바로 1997년 10월 22일에 세워진 것이다. 할렐루야!

우리 내외가 처음 설교 초청 연락을 받고, 예배를 드리러 간 곳은 개인 피아노학원 사무실이었다. 그러나 청빙을 받아 정식으로 갔을 때는, 상가 2층과 3층을 교회로 리모델링하여 아름다운 곳으로 탈바꿈되어 있었다. 무엇보다도 사택이 설계되어 있어서 무척 좋았다. 우리 부부는 이곳으로 청빙 받은 이후 지금까지 28년째 섬겼다. 주님의 몸인 우리 가능중앙교회를 성실하고 정직하게, 변함없이 순전하게, 처음에 가졌던 마음을 놓치지 않으려고 늘 조심하며 부단한 노력을 하고 있다.

토요일의 손님, 두 분의 집사님

"목사님의 좋은 양복과 사모님의 예쁜 한복을 한 벌씩 준비하셔서 목사위임 행사 때 입으세요."

가능중앙교회 목사 위임식을 며칠 앞둔 어느 토요일 저녁, 두 분 집사님이 찾아와서 봉투를 주셨다. 누차 진심으로 사양했으나 막무가내로 받으라고 해서 감사함으로 받았다. 두 분 집사님이 귀가한 뒤 나는 목양실에서 말씀준비를 하던 남편에게 그 봉투를 들고 갔다. 두 사람 중 한 분은 당신이 받는 월급보다 더 많은 금액을 봉투에 넣었고, 또 한 분은 생활 형편상 과하다 할 정도의 금액을 넣었다. 목사님은 아무래도 이 귀한 물질을 쓸 수가 없다고 했다. 그분들에게는 피 같은 선물이었기 때문이었다. 구약성경에 다윗의 부하들이 생명을 걸고 적진에 있는 우물에 가서 물을 길어왔을 때, 다윗이 피와 같은 이 물을 먹을 수 없다며 하나님 성전에 부어 드린 일이 있다.

남편은 이 귀한 물질을 하나님께 드리겠다며 주일에 감사예물로 하나님께 드렸다. 두 분 집사님께는 먼저 양해를 구했다. 두 분은 처음엔 매우 서운해하셨지만, 목사님이 결정한 일에 기꺼이 수긍해 주셨다. 그분들의 마음과 사랑을 받아 우리 내외는 지금까지 목회에 매진하며, 잊지 않고 그분들의 기대에 부응하는 마음으로 최선을 다하고 있다. 범사에 기쁨으로 감당하며, 즐겁고 행복한 목양의 삶을 이어가고 있다. 두 분 집사님들은 지금은 권사님들이 되셔서 변함없이 성실하게 교회와 부족한 종의 가정을 은밀히 섬기고 있다.

"두 분 권사님. 감사하고 사랑합니다. 축복합니다."

꼭 한번 가고 싶었던 성지순례

2007년 2월 우리 내외는 이석원 시무장로님 가정에서 개인적인 후원을 받았다. 성지순례를 준비해 주셔서 은혜로운 여행을 다녀올 수가 있었다. 여행 떠나기 전날 저녁에는 장로님 댁에서 멋진 만찬도 차려 주셨다. 그날 나는 권사님의 맛있는 요리를 과식해서 여행 첫날부터 배탈이 나서 애를 먹었다. 12박 13일 일정으로 이집트, 이스라엘, 요르단 3개국을 다녀왔다. 교회 형편으로는 성지순례를 가고 싶어도 갈 수가 없었는데, 너무나 감사한 일이었다.

여행 중에는 마침 좋은 안내자와 연결이 되어서 성지순례 여행은 순조롭고 은혜로웠다. 성경에 나온 장소를 직접 돌아볼 수 있다는 사실이 신기하고, 감격스러웠다. 특히 십자가를 지고 언덕을 오를 때에는 눈물이 앞을 가렸다. 여행 떠나는 날에는 우리 교회 성도님들이 십시일반 여행비용을 만들어 주셨다. 그 사랑과 섬김을 간직하고 평생 잊지 못할 멋진 여행을 다녀올 수 있었다.

2024년 현재, 이석원 장로님은 원로장로님이 되었다. 장로님은 우리와 처음 만났을 때부터 27여 년이 지난 지금까지 변함없이 우리 교회 공동체 안에서, 아내인 윤선주 권사님과 함께 아름다운 섬김의 실천을 보여주고 있다.

그 당시 우리 교회에는 장로님 한 분과 열 분의 권사님이 계셨는데, 큰 교회 열 분 장로님이 부럽지 않았다. 큰 교회 100인의 권사님이 부럽지 않았다. 우리 내외는 늘 우리 성도님들을 자랑하는 낙으로 살았다고 해도 과언이 아니다. 그래서 친구 목사님들과 노회 목사님들이 우리를 부러워한다.

우리 내외는 하나님의 은혜 가운데 28년째 행복한 목양을 이어오고 있다. 처음 개척부터 지금까지 동고동락한 원로장로님을 비롯한 모든 성도님에게 감사한 마음 늘 가득하다.

내 기도에 응답해 주신 하나님

1997년 7월 17일 오산리 기도원에서 3일 단식하며 적어 놓은 소원 기도 내용이다.

1. 목회 임지를 순탄하게 허락해 주세요.
2. 주의 권위로 청빙 받아 가게 해 주세요.
3. 현재의 주의 일과 은혜롭게 연결지어 주세요.
4. 당회장으로 가게 해 주세요.
5. 감당할 수 있는 능력을 주의 종에게 허락해 주세요.
6. 하나님께 더 영광이 될지언정 후회하지 않게 해 주세요.
7. 교만하지 않게 해 주세요. (주의 영광을 도적질 않도록)
8. 하나님께서 흡족해하는 목회를 하게 해 주세요.
9. 저희가 감당할 수 있는 목양지를 허락해 주세요.
10. 가장 적절한 시기에 허락해 주세요.
11. 하나님께도 영광이요 주위의 성도들에게도 은혜를.
12. 더 많은 사역을 감당할 수 있게 우리를 사용해 주세요.

13. 많은 무릎을 주 앞에 드리게 해 주세요.

14. 하나님께서 직접 개입해 주세요. (지극히 작은 일에서 큰일까지)

15. 이번에 우리를 보내시는 곳이 주께서 기뻐하시는 교회라면 모든 것이 순조로이 진행되게 하여 주세요.

오산리 기도원에서 3일 금식기도 후 9월 4일에 우리 교회가 시작되고, 11월 9일 청빙이 결정되었다.

할렐루야! 아멘!

하나님께 영광!

결혼 12년 차의 깨달음과 감사편지

내가 세상에서 제일 존경하고 사모하는 당신. 가장 멋있는 반려자인 당신에게 하나님의 무한하신 은혜가 넘치길 기원합니다.

여보.

너무 오랜만이죠. 얼마 만에 쓰는 편지인지 마음이 떨리고 소녀 같은 마음이에요. 이런 행복한 시간을 갖게 해 준 당신의 배려에 감사드려요. 일찍이 이 글을 드렸어야 했는데, 늦게나마(직장 퇴직 후 처음) 제 마음을 표현할 수 있게 되어서 정말 다행이에요.

여보. 우리의 12년 결혼생활은 정말 감사가 가득한 나날이었어요. 당신이 돌봐주지 않았다면, 우리 가정은 아마도 기쁨이 없었을 거예요. 당신은 한 번도 짜증내지 않고 두 아이와 저를 항상 따뜻하게 감싸 주었지요. 내가 대인관계를 무난하게 이어오고, 여성 간부로서 직장생활을 당당히 할 수 있었던 것은, 당신이라는 든든한 배경 덕분이었죠. 어디에다 내놔도

손색없고 편안한 사람 나의 남편. 내가 중언부언 투정하고 밤을 새워도 늘 상담자로서 지친 기색 없이 항상 다정하고 평온한 자세로 들어 주셨죠. 나의 긴 푸념 속에 새벽을 맞이해도 "이제 더 할 얘기 없어요?" 하면서요. 결혼과 상담공부를 하다 보니, 내가 몹시 이기적이었다는 것을 알 수 있었어요. 이제는 제가 당신의 이야기를 모두 다 들을게요.

그동안 나는 잘난 척을 곧잘 했지요. 당신이 혹시 불편한 얘기를 하면, 마치 나 혼자만 믿음이 좋은 사람처럼 당신을 정죄하고 탓했지요. 그럼에도 불구하고 나의 곁을 너그러이 지켜준 당신. 이제는 상담공부를 한 사람답게 당신을 더 이해하고 기다려 드릴게요. 오늘 아침 당신은 저에게 좋은 아내라고 칭찬해 주셨지요. (예전 같았으면 당연하다고 착각했을 겁니다.)

이제부터 정말 좋은 아내와 엄마가 될게요. 부끄러운 아내가 되지 않게 열심히 노력하고 기도할게요. 제가 옆에 있으면 마음에 안정감이 생긴다고 지난주 초급반 공부할 때 당신이 말씀해 주셨죠. 저는 그날 종일토록 너무너무 행복했어요.

15년 전 당신은 약속했지요. 제가 반려자만 되어 준다면 신학을 하겠다고. 당신도 생각나나요? 우린 그때 나름, 아니 당신은 지금도 변함없이 정말 멋진 남자랍니다. 오히려 더욱 성숙해져서 당신의 인품에선 푸근한 향기가 나요.

저는 가끔 이런 생각을 해 봐요. 당신을 너무 좋아해서 하나님께 꾸중 들을까 봐 좀 자제하고 싶지만, 그것이 또 뜻대로 잘 안돼요. (하지만 하나님은 제 중심을 아실 거라 생각해요.)

또 제가 상담공부 할 때 자녀들을 잘 양육해 주어서 감사해요. 우리 집 자녀들같이 부모에게 순종하며 하나님을 잘 섬기는 아이들도 보기 드물어요. 그래요. 나도 어미인지라 자식 자랑엔 팔불출이 되는군요. 하지만 직장 다닌다는 핑계로 제가 잘 품어주지 못했는데도 불구하고, 잘 자란 우리 아이들을 보면 더욱 감사드려요.

목사 안수를 받으면 당신은 지금보다 더욱 바빠지시겠죠. 내가 부재중일 때 자녀교육을 감당한 당신의 뜻을 잊지 않을게요. 또한 하나님께서 우리 아이들을 기쁘게 쓰실 수 있는 재목으로 자라나도록 잘 키울게요.

여보. 우리 처음 만날 때 서로 존경하던 그 기억, 하나님 앞에 설 때까지 잘 다듬어 더 좋은 관계로 만들어 가기로 해요. 요즘 당신과 함께 쌓는 새벽 제단은 정말 멋진 데이트 시간이에요. 나는 당신을 만나서 진정으로 행복합니다.

1996년 7월 9일 당신의 아내 홍성애 드림

마리아 여전도회 회장이 되다

결혼 후 청년부에서 여전도회 회원이 되었다. 마침 염광교회 담임목사님께서 나이가 어린 여성 회원들로 구성된 '마리아 여전도회'를 처음으로 조직했다. 나는 그 여전도회에 가입했다. 연말에 총회를 한 결과 나는 회장이 되었다. 청년부 때 쌓아둔 노하우를 발휘하여 임원을 뽑았다. 회장, 부회장, 총무, 서기, 부서기, 회계, 부회계 모두 7명이었다.

우리는 매달 한 번씩 정기적으로 모여서 임원 회의를 했다. 연합이 잘 되어서 선배님들에게 칭찬을 받았다. 회장인 내가 직장에 다니는 관계로 퇴근 후, 전도 회원들을 심방하며 여전도회를 이끌어 갔다. 하루하루가 즐거웠다. 그 당시에는 아직 집집마다 전화가 없었기에, 소식을 전하려면 꼭 집으로 찾아가야만 했다. 그런데 전반기를 마칠 무렵에 일이 생겼다. 새로 부임한 담임목사님께서 우리 내외가 성도님들과 친하게 지내는 것이 부담스러웠던 모양이었다.

우리는 청년 시절부터 개척 멤버였기에, 성도님들에게서

사랑을 많이 받았다. 그러나 우리 부부를 불편하다 하니, 우리가 생각하는 목회 윤리로 길게 고민했다. 그 결과 교육 전도사인 우리가 본 교회를 떠나기로 우리 부부는 합의했다. 평신도였으면 그런 생각을 하지 않아도 되었을 텐데. 그 당시 남편은 교육 전도사로 우리 교회를 섬기고 있었다. 그래도 우리 때문에 담임 목사님이 불편한 것을 모른척할 수는 없었다.

우리는 섬기던 교회와 거리가 먼 곳으로 이사를 했다. 전화번호는 아무에게도 알려 주지 않고 바꾸어 버렸다. 오라는 교회도 없고, 갈 수 있는 교회도 없는 상태에서 무작정 본 교회를 떠난 것이다. 2주간 동안 서울로 예배를 드리러 다니다가 결국엔 의정부에 자리를 잡았다. 나는 행복한 마음으로 씩씩하게 시작한 여전도 회장을 6개월 만에 그만두었다. 아쉬움은 있지만, 우리가 교회를 떠난 온 것이 지금 생각해도 잘한 결정이라고 생각한다.

갈수록 맛있는 쇠고깃국

의정부1동에서 살던 때였다. 1997년 7월 오산리금식기도원에 다녀온 후 주일 새벽에 꿈을 꾸었다. 꿈에 목사님들이 한 분씩 차례로 우리 집에 왔다. 나는 정성을 다해 쇠고깃국을 대접했다. 손님은 모두 다섯 분이었다. 처음 드신 분이 맛이 있다고 하니, 두 번째 분은 더 맛있다고 했다. 세 번째 목사님도 쇠고깃국이 무척 맛이 있다고 칭찬했다. 갈수록 칭찬의 강도가 높아졌다. 다섯 분 목사님이 모두 칭찬하셔서 기분이 좋았다. 마치 성경에 나오는 '가나 혼인 잔치'에서 포도주가 떨어지자, 우리 주님이 물로 포도주를 만들었을 때 연회장이 감탄한 것과 비슷했다.

꿈에서 깨어 새벽기도회에 가면서 남편에게 물었다.

"여보. 목사위임행사엔 몇 분의 목사님이 오시나요?"

"목사님이 최소한 5~6명은 오셔야지요."

순간 강한 기대감이 생겨났다. '아! 하나님께서 우리에게 단독 교회를 허락하시는구나.' 확신이 들었기 때문이다. 목사님들을 섬기는 꿈을 꾸고 난 후 3개월이 지났을 때, 남편은 새롭게 설립되는 가능중앙교회로부터 청빙을 받았다. 지난번 7월 오산리 기도원에서 소원 기도를 드린 대로 하나님은 당신의 때에 맞춰 정확히 응답하신 것이다.

4장

하나님이 보내신 보배들

아들 호성의 배낭여행
손주에게 쏟고 싶은 명품 신앙교육
큰오빠
졸업식 날 '열두 개의 꽃다발'
행복한 연애는 현역군인과 함께
주일예배에 빠질 수가 없어요
아들은 저를 닮아도 됩니다
주일 아침에 둘째 딸을 출산하다

아들 호성의 배낭여행

제주도에도 못 갔던 아들이 난생처음 유럽으로 배낭여행을 떠나게 되었다. 배웅차 아들과 함께 인천공항에 도착했다. 웃으며 격려했지만 20세가 된 아들이 혼자 떠나는 뒷모습을 지켜보는 마음은 무거웠다. 혹시 아들을 다시는 못 만나게 되는 것은 아닌지 염려되었다. 강원대학교에 입학하게 된 아들 호성은 의정부 본가를 떠나 춘천에서 살고 있었다. 대학 친구 4명이 뜻을 모아 1학년 1학기를 마치고, 군 입대 전에 돈을 모아 유럽 배낭여행을 하자고 약속을 했었단다. 그런데 이런저런 사연이 생겨서 다른 친구들은 여행이 취소되고, 결국엔 아들 혼자만 떠나게 된 것이다.

아들은 여행비용을 마련하기 위해 낮에는 24시 편의점에서 일하고, 밤에는 노래방과 만화방 PC방에서 일했다. 잠을 자는 시간은 하루에 거의 2시간 정도였다. 그런 중에도 주일 예배는 꼭 드렸다. 그렇게 애쓰고 수고하여 500만 원가량 만들었다. 우리 내외는 여행비를 도와줄 형편이 안돼서 편안한

운동화 한 켤레를 사주는 것으로 아들의 첫 해외여행을 응원했다.

아들은 유럽으로 떠난 뒤 35일 만에 건강한 모습으로 돌아왔다. 아빠 선물은 지갑, 엄마 선물은 독일에서 유명한 부엌 칼, 동생에겐 예쁜 손목시계를 선물했다. 아들은 여행에서 돌아온 후부터 모든 일에 더욱 열정이 넘치고 무엇이든지 할 수 있다는 자신감을 품게 된 것 같았다. 아들의 군대 생활에도 유럽 배낭여행은 단단한 밑거름이 되었다. 여행을 통한 경험이 아들이 군인으로 복무하는 기간을 아주 행복하게 만들었다고.

손주에게 쏟고 싶은 명품 신앙교육

2016년 아들이 결혼했다. 아들 내외는 양가 부모의 도움이 없이 둘이서 살림을 꾸렸다. 우리가 부모로서 해 준 것이라곤 결혼식 행사에 참여한 것이 전부였다. 결혼 과정의 모든 것을 아들 내외가 준비했으며, 우리는 진심으로 축하하고 주님의 이름으로 그들을 축복해 주었다. 결혼하기 전 예비 며느리가 집에 왔다.

"아가야. 너에게 줄 결혼예물은 우리 내외란다. 우리가 네 예물이 되어 줄게."

비록 우리가 가진 재물은 없지만, 하나님께서 우리에게 주신 은사와 두 사람이 믿음으로 잘 살아가도록 기도해 주고, 또 도와주는 것이 우리 부부가 할 일이라고 생각했다. 며느리는 어떻게 생각하고 있는지 모르겠지만, 지금까지는 서로 위하며 잘 지내고 있다. 특히 며느리와 나는 스마트폰으로 자주 소식을 나누며 원만한 고부 관계를 유지하고 있다. 마음껏 축복해 주고 격려할 수 있어서 좋다.

삶의 모든 순간이 고맙고 감사하다. 무엇보다 열심히 그리고 신실하게 살아가는 아들 내외가 기특하다. 손녀 단아가 태어난 후 우리 가족의 거리는 더욱 돈독해졌다. 매일의 삶 속에서 기쁨과 감사와 행복이 흘러넘친다. 하나님은 손녀 단아를 우리 가정의 복덩어리로 보내 주셨다. 양가 부모님들을 하나로 만들어 주고, 아들 내외에게는 믿음 생활을 더 열심히 하게 된 동기가 되었다.

예전에 우리가 자녀를 키울 때는 직장 때문에 혹은 바쁘다는 핑계로, 아이들에게 충분한 사랑과 신앙교육을 듬뿍 심어 주지 못했다. 그러나 손녀 단아에겐 사랑과 믿음과 예의범절을 다 가르치기를 원한다. 돌도 지나지 않은 손녀에게 '감사합니다.' 인사하는 법을 가르쳐 주었다. 얼마나 예쁘게 인사하는지 웃음이 절로 난다.

딸 예진이 "엄마. 내 곁에 오래오래 살아주셔야 해요." 했지만, 평생 같이 갈 수는 없는 일. 딸도 곧 딸의 가족을 만들고 운명을 개척할 때가 올 것이다. 그때는 또 딸의 가정을 위해 기도하고 손주 양육을 돕는 할머니 할아버지가 될 것이다. 현재는 우리 손주 단아를 신앙으로 잘 양육해서 엄마 대신 신앙의 동지가 될 수 있도록 수고하는 일이 내 사명이다. 우리 가문이 다윗의 가문처럼 대대로 예수님을 잘 섬기는 복된 가문이 되어, 하나님의 은총이 차고 넘치기를 간절히 소망한다.

큰오빠

'따르릉, 따르릉.'

작은언니가 28세, 내가 26세이던 1982년 5월 6일 새벽. 전화가 걸려 왔다.

"여보세요. 네에?"

수화기를 든 작은언니는 말을 잇지 못했다. 언니는 전화기를 든 채 울었다. 이제 겨우 36세인 큰오빠가 교통사고로 사망했다는 통보였다. 그해 3월 10일 근로자의 날에 큰오빠 집에 갔을 때, 밤늦게 퇴근하는 오빠를 기다리다 지쳐 잠든 나를 보고 늘 그랬듯이 내 이마에 뽀뽀해 주던 큰오빠였다.

"우리 막내 공주님이 이제 애인이 생겼네."

내가 결혼할 사람이 생겼다고 말했을 때, 큰오빠는 마치 아버지처럼 기뻐했다.

믿을 수가 없었다. 큰오빠가 누워 있는 안양의 모 병원으로 달려갔다. 사고를 당한 큰오빠의 얼굴은 상처 하나 없이 깨끗했다. 마치 아무 근심 없는 사람처럼 고요하게 눈을 감고 있었다.

우리 5남매는 일찍이 어머니를 여의었다. 그리고는 아버지마저 없는 삶을 강요당했다. 어릴 때부터 공장에 보내지거나 친척 집에서 식모살이를 살며 뿔뿔이 흩어져 살아야 했다. 5남매가 모두 배고프고 강팍한 시절을 견디며 살았기에, 우리는 서로를 바라보는 마음이 더욱 각별했다. 암담하기만 했던 성장 과정에서 큰오빠는 우리 형제들에게 아버지 같고 어머니 같았다. 고단한 일상에서 돌아가 쉴 수 있는 고향 같은 존재였다. 그런 큰오빠가 어이없는 사고를 당하여 한순간에 싸늘한 주검으로 우리 앞에 누워 있었다.

그날은 마침 금요일이라 장례를 2일장으로 치르기로 하고 서둘러 묘지를 마련했다. 장지는 우리가 사는 의정부로 정했다. 장례 음식은 형제들이 만들었다. 우리 형제들은 울면서 음식을 준비했다. 장례 당일인 토요일, 우리가 다니던 염광교회 김해동 목사님이 오빠의 하관예배를 인도해 주셨다. 막둥이 예쁜 공주라며 아껴주던 큰오빠의 죽음을 받아들이기 힘들었다. 큰오빠의 시신을 땅에 묻을 때 나는 거의 실신 상태였다.

우리 형제가 아직 새엄마와 살 때 큰오빠는 집을 떠나기 전에도 항상 나를 챙겼다. 엄마를 일찍 여읜 다섯 살배기 내가 늘 오빠 마음엔 불쌍해 보였나 보다. 언니 오빠들이 모두 집을 떠난 후, 혼자 남아 있던 나에게 큰오빠는 바쁜 와중에도 찾아와서 과자를 안겨 주곤 했다. 어느 날엔 《하늘을 날으는 목마》 동화책을 사 왔다. 나는 그 책이 너무 좋아서 매일매일 읽고 또 읽고 잠잘 때도 껴안고 잤다. 나에게는 언제나 보고 싶고, 큰 산 같던 큰오빠였다.

장례식이 있던 날은 우리 염광교회 담임목사님의 위임예배를 드리는 날이었다. 목사 위임행사를 마치자마자, 목사님은 한달음에 큰오빠의 하관 예배를 인도하러 오셨다. 험한 산 꼭대기까지 와주셔서 너무나 감사했다. 〈우리 다시 만날 때까지〉 찬송가를 부를 땐 감사의 눈물이 흐르기 시작했다. 금방이라도 큰오빠를 따라 무덤까지 들어갈 것 같았던 나에게 그 찬양은 소망을 안겨 주었다.

'아! 오빠를 천국에서 만나겠구나.'

마음에 확신이 들었다. 하관 예배를 드리고 나자, 마음에 평안이 찾아왔다. 그제야 한자리에 모인 가족들이 눈에 보였다.

"우리 모두 예수님 믿고 천국에서 큰오빠를 만나기로 해요."

큰오빠는 생전에 주일학교 고등부교사를 했다. 큰올케와 열 살배기 어린 조카는 이다음에 아빠를 만나겠다는 소망을 품고 그 날 이후 지금까지 신앙생활을 잘 하고 있다.

졸업식 날 '열두 개의 꽃다발'

경민여자상업고등학교를 졸업하고 의정부에서 신용협동조합에 취업했다. 대학에 가고 싶었지만, 형편상 더 이상의 진학은 어려웠다. 졸업 후 나는 직장생활을 성실히 했다. 그러던 중 신협 최고 기관인 신협중앙회에서 전국의 신협 지도자들을 교육하기 위해 대전 유성의 연수원에 신협전문대학을 세웠다. 덕분에 나는 조합의 배려로 그곳에서 2년간 신협에 관한 전문 공부를 할 수가 있었다. 전반기와 후반기, 일 년에 두 차례 휴가를 받아 대전 연수원에서 공부했다.

그 기간은 너무 행복하고 즐거웠다. 일본으로 수학여행도 갔다. 그러나 나는 수학여행을 가지 않았다. 수학여행 일정표에는 마침 주일이 끼어 있었다. 나는 일정에 주일날 배를 타고 다른 곳으로 이동하는 안내장을 본 뒤 수학여행을 포기했다. 주일예배를 드릴 수 없기 때문이었다. 수학여행비는 조합에서 전액 부담해 주었지만, 미련 없이 마음을 접었다.

신협전문대학을 졸업하는 날. 벅차고 행복했다. 남편이 제일 먼저 축하 꽃다발을 안겨 주었다. 세상을 다 얻은 기분이었다. 정식으로 인가받은 대학교는 아니었지만, 대학교 졸업처럼 한복을 입고 학사모를 쓰고 검은 가운을 입고 졸업식을 하게 되었다. 공교롭게도 내가 다니던 교회 성도의 친척 가정에 초상이 났다. 조문하러 내전에 내려왔던 우리 교회 성도들이 나의 졸업식 소식을 듣고 유성연수원을 찾아오셨다.

"역시 하나님의 사랑을 받는 사람은 복이 따라 다니네요"

성도님들은 축하의 말과 함께 여러 개의 꽃다발을 안겨 주었다. 아마 일반 대학졸업식에서도 나만큼 꽃다발을 많이 받은 사람은 드물 것이다. 두 손으로 안는 것도 힘들게 12개의 꽃다발을 받았다. 회사에서는 전무님이 오셨다. 언니, 오빠, 가족들, 친구, 교회 성도, 남편 등 지인들이 먼 거리를 마다하지 않고 대전까지 내려왔다. 그 후 월요일부터 토요일까지 일본 생활 협동조합 여성 지도자 연수라는 기회가 생겨서, 조합의 배려로 아주 좋은 조건으로 일본 여행을 다녀올 수가 있었다. 일본 졸업여행을 포기했지만, 하나님은 나를 기어이 일본을 다녀올 수 있게 해 주셨다.

역시 우리 하나님은 최고 멋쟁이!

행복한 연애는 현역군인과 함께

평신도 선교사 파송 예배 후, 그와 나와의 관계는 믿음의 동료에서 연인으로 발전했다. 우리는 호칭부터 바꾸기로 했다. 포천 일동에 있는 부대에서 그의 현역 군대생활 30개월 동안 우리는 매주 편지를 한 통씩 보냈다. 그의 군복무기간 중에 나는 11번의 면회를 다녀왔다. 대체로 토요일 오후에 가서 면회신청을 하면 만날 수가 있었는데, 그때마다 맛있는 점심을 사주고 헤어졌다. 나는 학생부 예배 때문에 우리 교회로, 그는 부대 근방에 있는 군대 소속 교회로 갔다. 그는 교회에 가서 잠을 자고, 주일 아침에는 주일학교와 성가대로 섬겼으며 예배 후 부대로 복귀했다.

나중에 알게 된 사실은 내가 면회신청을 할 때마다 애인이 왔다며 항상 외박 휴가를 받았단다. 부랴부랴 교회로 돌아가는 나를 일동버스터미널까지 배웅하고, 그는 늘 혼자서 주말을 보낸 것이었다. 그나마 내가 군 복무 중인 애인에게 면회를 갈 수 있었던 것은 전적인 하나님의 배려라 믿고 있다. 멀리 강원도라든지 혹은 남쪽 지방으로 자대 배치를 받았다면, 내가 면회 갈 수 없다는 걸 아시는 그분께서 면회를 다녀와도 토요학생예배에 불편함이 없는 포천에 배치해 주신 것이다.

연애편지엔 그의 생일을 맞이하여 공휴일에 면회를 갔던 내용도 있다. 어느 날 데이트 후 헤어질 시간이 다가오자, 그는 오늘은 집에 가지 말라고 제안했다. 다음 날 아침 첫차로 가라는 것이었다. 그날 실랑이를 벌이다가 나는 눈물을 머금고 막차를 타고 집으로 돌아왔다. 이후 한동안 우리는 편지를 쓰지 못했다. 그러다가 그에게서 먼저 편지가 날아왔다. 그날 일에 대해서 용서를 구한다고. 그의 고백편지 덕분에 우리는 어려운 고비를 지혜롭게 넘길 수가 있었다.

군인과의 연애는 1984년 7월까지 지속되었다. 그 해 9월 1일 약혼식에 이어 10월 27일 결혼식을 올리며 우리의 연애는 막을 내렸다.

주일예배에 빠질 수가 없어요

1986년 1월 날씨가 매서운 어느 주일 아침이었다. 시어머니가 주일예배 드리러 가는 나를 보고 걱정하셨다.

"내가 교회 안다니니 망정이지, 동네 사람들이 나를 뭐라고 하겠느냐. 모르는 사람들은 교회에 나가라고 내가 너를 채근한 줄 알 거 아니냐."

첫아이 호성을 낳은 지 3일째 되는 아침. 걷는 것조차 힘들었지만 나는 온몸을 두꺼운 옷으로 꽁꽁 싸매고 교회에 갔다. 마침 우리 교회가 시댁과 가까운 거리에 있어 불편한 걸음으로 걸어갔다. 시아버님이 병원 신생아실에서 손자를 곧장 시댁으로 데려가는 바람에, 얼결에 시댁에서 산후조리를 하는 중이었다.

나는 예수님을 영접한 이후 현재까지 한 번도 주일예배에 빠진 적이 없었다. 부기도 빠지지 않은 채로 교회에 출석한 나를 보고, 예배 안내를 하던 장로님이 대뜸 한말씀 하셨다.

"어이구, 홍 집사님. 이럴 땐 교회에 안 오셔도 돼요. 이 몸으로 어쩌려구."

장로님은 놀라시며 끌끌 혀를 찼다. 예배당에 들어가 앉으려 했지만, 허리 통증 때문에 앉을 수가 없어서 몸을 의자에 살짝 걸치고 있었다. 담임 목사님도 나를 보고 안타까워하셨다. 주위에서 아기를 낳고 찬바람을 맞으면 몸에 바람이 들어 노후에 고생한다는 얘기를 들어왔다. 하지만 내 생각은 분명했다. '바람을 들게 하시는 분도 하나님이시고 건강하게 만들어 주시는 분도 하나님이시니, 아버지께서 알아서 하실 것'이라고 믿었다. 그래서일까. 환갑이 넘은 지 오래인 지금까지 건강하게 잘 지내고 있다. 어떤 상황에서도 눈동자와 같이 지켜주신 하나님께 감사드릴 뿐이다.

아들은 저를 닮아도 됩니다

1985년 3월 1일 후배가 송추 유원지에서 야외 결혼식을 했다. 우리 내외는 혼인예식에서 돌아오면서 "후배가 우리보다 먼저 아기를 갖겠어요." 하며 부러워했다. 그 당시에는 결혼한 여성이 직장에 다니는 것이 쉽지 않은 시절이었다. 그러기에 나는 결혼하고 윗사람의 심기를 살피며 직장에 다니는 중이었다. 그러니 아이를 가질 생각은 꿈도 꾸지 못했다. 그런데 후배의 결혼을 계기로 아이 생각을 다시 하게 되었다.

남편은 교육전도사 사례비로 10만 원을 받았고, 나는 겨우 12만 원의 월급을 받고 있었다. 일반적으로 직장인 월급이 60만 원은 되던 때였다. 하지만 우리 조합은 워낙 규모가 작아서 월급 수준이 낮은 편이었다. 그럼에도 우리 부부는 새로운 각오를 하고 결정을 내렸다. 물질의 어려움은 있겠지만, 귀한 아기를 달라고 하나님께 작정기도를 시작한 것이다. 설령 내가 직장을 다니지 못할지라도, 하나님의 선물인 자녀를 갖기로 했다.

'하나님, 저에게 아들을 주세요. 제가 별로 예쁘지 않아서 딸을 낳으면 곤란해요. 아들은 남자니까 괜찮을 것 같아요.'

1986년 1월 15일, 아들이 태어났다. 내가 30살 되던 해였다. 나의 기도대로 아들은 아빠의 인감도장이었다. 그 후 나는 둘째를 가질 때 아들딸 구별하지 않고 기도했다. '하나님께서 주시고 싶은 자녀를 주세요.'라고 기도했더니, 아들 호성이 태어난 5년 후인 1991년 3월 17일에 딸을 주셨다. 그 딸 예진은 완전히 나의 판박이였다.

주일 아침에 둘째 딸을 출산하다

토요일 저녁 늦은 시각, 진통이 오기 시작했다.

"여보. 나 얼른 병원에 가야겠어요."

출산 준비물을 챙겨 나는 혼자서 병원에 갔다. 새벽이 되자 진통이 더욱 빨라졌다. 금방이라도 아기가 나올 것 같았다.

"선생님, 아기가 나올 것 같아요."

나는 다급하게 의사 선생님을 찾았다. 다행히 첫아이 때와 달리 둘째의 출산은 좀 더 쉬웠다. 진통을 그다지 길게 겪지 않고 아기를 낳을 수 있었다. 1991년 3월 17일 새벽 6시. 출산 예정일에 맞춰 내 품에 안긴 사랑스러운 딸 예진은 그렇게 봄의 길목에서 우리 가족으로 왔다.

당시 내가 다니던 교회는 건축 중이어서 의정부 가능3동에 경민학원 강당을 빌려서 예배를 드리고 있었다. 내 모교인 경민학원은 산언덕 위에 자리하고 있었다. 아주 가파른 언덕 위에 있어서 고등학교에 다닐 때도 오르기 힘이 들었다. 그 언덕길 때문에 우리 학교 출신 여학생들은 모두 종아리가 무 다리라고 놀리곤 했다. 하나님께선 내가 복된 딸 우리 예진을 낳고 주일예배를 드리기 위해 그 가파른 언덕을 오를 것을 아시고, 주일 아침에 아기를 출산하게 하셨다고 나는 믿는다. 그 바람에 믿음생활을 시작하고 처음으로 주일예배에 참석하지 못했다. 새삼 나보나 나를 더 잘 아시는 하나님께서 세밀하게 내 삶을 구체적으로 간섭해 주심을 믿으며, 그 은혜에 감사하며 영광을 돌려 드린다.

5장

주님의 품 안에서

장사를 안 해도 매주 감사헌금을 할 수 있다

직장에서 월급을 받으면 제일 먼저 십일조와 감사헌금을 구분해 놓는다. 지난 한 달을 지켜주시고 인도하여 주심에 감사하면서.

내 나이 서른일곱이었던 1993년 10월, 의정부기독교연합회에서 주관하는 부흥회가 신촌장로교회에서 있었다. 부흥회에 참석하고 싶은 마음에 나는 서둘러 퇴근을 했다. 말씀을 전하는 강사 목사님이 개인 간증을 했는데, 감사헌금을 매주 하신다는 말씀이었다. 그 고백이 내 마음에 깊이 와 닿았다. 나는 매 주일 감사헌금 할 수 있는 사람은 사업자나, 장사해서 현금을 매일 만지는 사람만 가능하다고 생각했다. 그런데 그날 선포한 말씀이 내 귀에 쏙 들어왔다.

강사 목사님은 매월 사례비를 받으면, 매주 감사헌금을 미리 준비한다는 것이었다. '아, 그렇구나. 그렇게 하면 되겠구나.' 나는 무슨 큰 보물을 찾은 듯 기뻤다. 그달부터 나에게도 매주 감사가 찾아왔다. 한 달에 한 번만이 아니라, 매주 감사예물을 드리는 것이 좋았다. 이때부터 우리 집은 십일조보다 감사예물로 드려지는 헌금이 더 많아졌다. 더 놀라운 사실은 드려진 매주 감사예물이 우리 가족을 강건하게 붙들어 준다는 사실을 세월이 흐를수록 더욱 견고하게 믿게 되었다.

24만 원의 진실

"네 감사합니다. 신협입니다."

전화를 받았더니, 익숙한 목소리가 흘러나왔다.

"여보. 나 사고가 났어요."

남편이었다. 운전면허시험장에서 실기 시험을 보다가 사고가 나서, 수리비가 24만 원이나 나왔다는 것이었다.

아뿔싸!

순간 생각나는 것이 있었다. 간혹 마음속으로 생각은 했지만, 마치 없었던 일처럼 잊고 있던 일이 지금 일어난 것만 같았다.

우리가 결혼식을 올린 교회에서 3년 작정으로 매달 얼마씩 건축헌금을 드리다가, 갑자기 교회를 떠나야 했기에, 미처다 드리지 못한 건축헌금이 있었다. 바로 완불하고 싶었지만, 우리가 옮겨 온 교회도 마침 건축 중이라서 그곳에서 또 건축헌금을 드리는 중이기 때문이었다. 얼마 후 헌금 준비가 되어예전의 교회에 가서 드리려고 했다. 처음 생각에는 작정하고 못 드린 금액에 보태서 100만 원을 드리려고 했었다. 그런데 생각이 바뀌어서 작정 헌금의 미납 금액이었던 76만 원만 드리고 왔다.

그런데 오늘 하나님께서 정확하게 계산하자고 하신 것이었다. 그러나 새삼스럽게 본교회로 가서 드릴 수도 없었다. 현재 다니는 교회는 건축이 다 끝나서 헌당 예배도 마친 후였다. 그 24만 원의 건축헌금을 어떤 식으로 전해드려야 할까 고민을 했다. 마침 목동으로 이전한 기독교방송국이 교회 건축을 위한 모금운동을 전개하고 있다는 방송을 들었다. 우리는 1차로 자동차 면허시험장에 수리비를 지불했다. 그리고 2차로 기독교방송국에 건축헌금을 송금함으로써, 교통사고와 건축헌금 사건은 은혜 가운데 해결되었다.

퇴직 후 남은 전 재산은 전세금뿐

1977년 3월 19세에 고등학교를 졸업하고 입사한 곳은 의정부에 있는 기독교신용협동조합이었다. 그 당시 내가 받은 첫 월급은 2만 원이었다. 다른 직장에 취업한 친구는 12만 원을 받을 때였다. 그래도 나는 그 직장이 좋았다. 토요일에는 오전 근무만 하고 주일은 꼭 쉴 수 있는 기독교 금융기관이었기 때문이다. 토요일 학생부 예배와 주일을 지키는 생활에 전혀 지장이 없기에, 적은 봉급에도 불만이 없었다. 일반 직장들은 주일에도 당직을 서야 해서 휴일에도 출근했다.

나의 첫 직장생활은 작은 창고용 사무실에서 시작되었다. 취업 후 14년 동안 우리 조합은 성장하지 못한 채 답보상태에 놓여 있었다. 한마디로 영세 조합이었던 것이다. 그러나 겸손하고 신실하며 실력까지 겸비한 조동인 실무책임자를 모시게 되면서 조합은 급속하게 성장했다. 직원도 6명에서 25명으로 늘어났다. 내가 퇴직할 무렵엔 제1금융권인 일반은행이 부럽지 않을 정도로, 조합은 문전성시를 이뤘다.

1996년 39세 때 20년 직장생활을 마무리하니, 퇴직금이 생겼다. 학교 졸업 후 2만 원 월급으로 직장생활을 시작한 나는 결혼도 하고, 자녀도 양육하고, 신학대학원 과정을 공부하는 남편 뒷바라지도 했다. 퇴직하며 20여 년 생활하는 동안 생겼던 이런저런 모든 빚을 청산했다. 이제 빚은 한 푼도 없고, 딱 전세금만 우리 집의 순수한 자산으로 남았다. 처음으로 빚 없이 살아보니, 온 세상이 다 푸근하게 여겨졌다. 철부지 적부터 친척 집을 전전하던 다사다난한 내 생애에 가장 행복하고 마음이 편한 첫 시기였다.

그때 우리 내외는 하나님께 한 가지를 약속했다.

"이 전세금을 저희가 청빙을 받아서 목회하러 가게 되면, 장애인재단에 기부하겠습니다. 만약에 개척교회를 섬기게 되면, 우리가 섬기는 교회에 건축헌금으로 드릴게요."

우리가 최초로 청빙을 받은 교회는 처음 세워지는 개척교회였다. 전세금은 건축헌금으로 드려졌다. 68세가 된 지금까지 가진 것 별로 없는 우리 내외가 늘 마음에 소망을 품고 살아갈 수 있는 것은, 우리의 중심을 아시는 하나님이 우리 부부의 노후를 가장 멋있게 책임져 주실 것이라는 확고한 믿음 때문이다.

결혼 10주년 제주여행

1984년 10월 27일. 우리가 갓 결혼할 때부터 선포했던 일이 이뤄졌다. '현재는 형편이 어려워서 신혼여행을 설악산으로 가지만, 결혼 10주년에는 제주도로 갈 것'이라고 누누이 다짐했다. 신혼여행 때 하룻밤에 9천 원짜리 여관방에서 보내고 시내버스를 타고 다니면서 설악산과 경포대를 구경했다. 버스비는 120원이었다.

그런데 10주년 여행은 점보 비행기를 타고 제주도에 갔다. 실은 순수한 결혼기념 여행은 아니었다. 남편이 신학대학원을 졸업하면서 부부동반 졸업여행을 가게 된 것이었다. 하기 휴가도 아닌 10월인데 내 직장에서도 흔쾌히 3박 4일의 휴가를 허락해 주었다. 제주공항에 내린 우리 부부는 공항 주변의 광경에 눈이 휘둥그레졌다. 우리가 본 제주공항 주위의 풍광은 마치 외국의 휴양 여행지에 온 것 같은 착각이 들 정도였다. 비행기도 처음 타 보고 그렇게 멋진 곳도 처음이었으니, 놀라는 건 당연했다. 우리는 한라산 백록담도 구경하고, 제주민속마을 체험도 하고, 저녁엔 정갈한 숙소에서 머물렀다. 마음에 품고 입으로 시인하면서 고백한 일이 결혼 10주년에 정확히 실현된 것에 감사드렸다. 졸업여행 3박 4일 기간에 우리 결혼기념일인 10월 27일이 겹쳐 있었다.

양주농협에서 실습교육을 받다

1976년 고등학교 3학년 2학기가 거의 끝나가고 있었다. 친구들이 하나둘 취업해서 각 반 교실에는 절반 정도의 친구들만 남아 있었다. 그러던 어느 날, 나에게도 기회가 왔다. 정식 취업은 아니었지만, 현장실습 기회가 주어진 것이다. 당시 의정부에 있는 금융기관 중에서 가장 막강한 양주농협에서 4주간의 실습을 받게 되었다. 내 마음은 들떠 있었다. 큰 은행의 실습생으로 뽑혔다고 친구들도 무척 부러워했다.

첫 출근 후 일주일 동안 나는 착실하게 주어진 업무를 소화했다. 덕분에 일 잘한다고 후한 칭찬을 받았다. 그런데 어느 날 일이 생겼다. 실습 기간 중간에 우리 교회학교 여름성경학교가 열리는데, 교회 부장선생님이 나에게 꼭 참석하라고 강권했다. 나는 용기를 내어 농협 상무님께 말씀드리고 일주일간 휴가를 받았다. 여름성경학교를 마치고 실습지로 갔더니, 마침 예금계 담당 선배가 여름 정기휴가 중이어서 자리가 비어 있었다. 옆에 있던 다른 직원이 나에게 창구업무를 맡아

보라고 권했다.

나는 그날 창구에서 직접 고객들을 응대했다. 은행 마감 시간이 되어 1일 마감을 해 보니, 현금과 전표가 딱 들어맞았다. 상무님과 다른 부서 직원들에게 칭찬을 받으며 일주일간 창구업무를 보았다. 주일이 되어 교회에 나갔다. 그런데 이번엔 양주군 백석면 안골의 농촌교회에 여름성경학교 봉사활동에 꼭 함께 가자고 했다. 고민이 되었다. 하지만 일단은 상무님께 말씀드려 보기로 하고 기도했다. 상무님은 흔쾌히 허락하셨다.

내가 마을의 아이들을 불러 모아 성경학교를 진행하고 있을 때, 학교에서 선생님들이 양주농협으로 실사를 나왔다. 하지만 별 탈 없이 넘어갔다. 실습 마지막 날, 상무님이 4주간의 실습보고서를 써주셨다. 그 보고서를 학교에 제출했다. 평가서에는 '귀교에서 보내주신 위 학생은 4주 동안 아주 훌륭한 성적으로 실습을 마쳤음을 확인합니다.'라고 적혀 있었다. 얼마 후 학교에서는 나를 신협에 취직할 수 있게 추천해 주셨다.

솔로몬의 지혜를 가진 전무님

눈발이 날리는 1989년 12월 1일, 새로운 실무책임자가 부임하는 날이었다. 워낙 유명하고 유능한 분이라는 소문이 자자해서 직원들은 은근히 긴장하고 있었다. 얼마나 고된 시집살이를 할까 싶어서다. 출근 정시가 되자, 머리가 희끗희끗한 어르신 한 분이 들어오셨다. 그분은 허리를 깊숙이 굽혀 직원들에게 먼저 인사했다. 그 모습이 굉장히 인상적이었다.

이후 실무책임자인 전무님을 통해 우리 조합은 눈부신 발전을 했다. 7년 전에는 고작 6명이던 직원이 1996년 무렵엔 25명으로 늘어났다. 전무님은 직원뿐 아니라 모든 조합원에게 허리를 굽히셨다. 한때 양주군농협의 전무였고 경민학원 사무총장을 지냈다. 우리 신협에 부임하기 전에는 의정부지부 의료보험조합 대표이사로 재직했던 인물이셨다. 그분은 워낙 업무능력이 탁월하고 인품이 넉넉해서, 주변의 신망이 두터웠다. 때마침 의료보험조합에서 정년퇴임을 하게 되자, 우리 조합에서 모시고 온 것이었다.

전무님 댁은 잠실이었다. 우리 신협에 오기 전에는 기사가 딸린 출퇴근 전용 차량이 제공되는 위치에 있었으나, 우리 조합 형편으로는 그러한 편의를 제공할 수가 없었다. 전무님은 바뀐 환경에 단 한 번도 불편한 내색을 하지 않았다. 매일 새벽기도를 마치면 곧장 전철을 타고 의정부 신협으로 출근했다. 전무님은 특별히 여직원들을 많이 배려했다. 내가 첫아이를 출산할 땐 겨우 2주 출산휴가를 받았는데, 둘째 예진을 낳을 때는 출산휴가를 2개월이나 받았다. 전무님은 여직원 복지를 위해 2개월 출산휴가를 이사회를 통해 정식으로 규정해 놓았다.

솔로몬의 명성을 듣고 찾아온 시바의 여왕이 '복되도다. 당신의 사람들이여 복되도다. 당신의 신하들이여 항상 당신 앞에 서서 당신의 지혜를 들음이로다.'라고 한 것 같이, 우리 직원들 역시 전무님에게 이와 비슷한 칭송을 했다. 전무님은 해박한 지식과 지혜를 겸비했으며 모범적인 상사였다. 매일 아침 직장예배를 드릴 때는 물론 평상시 하는 말씀에도 저절로 존경심이 생겨났다. 개인도 아닌 회사가 전체 수익금의 십일조를 작정하고, 그것으로 의정부에 관내에 있는 어려운 교회들을 돕기도 했으니, 하나님께서 우리 조합을 부흥시켜 주신 것은 당연한 결과다.

전무님과 함께 일했던 그 6년의 기간이 나는 무척이나 행복했다. 전무님은 내가 퇴직한 후에도 우리 내외의 앞길을 위해서 늘 기도하셨다. 특히 우리 내외가 청빙을 받아 갈 수 있기까지 많은 관심과 노력을 아끼지 않으셨다. 그런데 어느 날 갑자기 돌아가시는 바람에 몹시 아쉬웠다. 이다음에 천국에 가면 제일 먼저 뵙고 싶은 분이 전무님이다.

전무 조동인 장로님. 사랑하고 존경합니다.

하나님이 함께했던 나날들

조 전무님과 본격적으로 일하게 되자, 수많은 교회가 지하에서 지상으로 올라오게 되었다. 또 전세로 있던 교회에 건축 자금을 지원하는 일들이 많아졌다. 우리 조합은 교회와 성도님들의 부흥을 위하여 최선을 다하는 기회를 다방면으로 연구하여 구체적으로 교회에 도움을 주기 시작했다. 수요일 저녁예배 후, 그리고 주일 저녁예배 후 늦은 시각에 각각의 교회를 방문, 우리 조합을 소개하러 다니며 전무님과 나는 강사로 헌신했다. 나는 목사님들이 서는 강단에서 신협을 소개했다. 지금 생각해 보면 어디서 그런 용기와 담대함이 생겨났는지, 내 힘으로 한 것 같지 않았다. 언제나 오직 나와 함께 해주시는 우리 주님의 은혜였다고 고백할 수밖에 없다.

조합이 무럭무럭 성장할 때는 정말 밥 먹을 시간도 없었다. 과로가 쌓인 줄도 모르고 동분서주하다가 사표를 낼 무렵엔 위내시경을 받기도 했다. 그 당시 우리 조합은 최선을 다하여 우리 하나님이 기뻐하실 일을 무리한다 싶을 정도로 과

감하게 펼쳤다. 이제야 고백하지만, 조합이 부도 위기에 처한 적이 한두 번이 아니었다. 위기를 만날 때마다 나는 이사장실을 나의 기도실로 삼았다. 눈물 콧물 흘리며 부르짖을 때마다 기적의 하나님께서 자금을 허락해 주셔서 그 위기들을 면할 수가 있었다. 너무나 감사한 것은 그 어려운 시기에도 혜택받은 교회들이 많았다는 것이다. 지금 그 교회들은 의정부에서 아주 귀하게 주님 나라 확장을 위해서 크게 쓰임 받고 있다.

홍 과장을 모르면 간첩입니다

우리 신협에 조동인 전무님이 부임한 후로 조합은 눈부시게 빠른 속도로 성장했다. 정말 눈코 뜰 새 없이 바빠졌다. 점심조차 느긋하게 먹을 수가 없었다. 직원들은 많아졌지만, 대다수가 새로 들어온 신규 직원들이어서 상담은 거의 내가 해결해야만 했다.

나는 교회에서 25세에 집사 임명을 받았다. 덕분에 기독교 조합인 직장에서 조합원들에게 많은 사랑을 받았다. 조합원 대다수가 목사님·장로님·권사님·집사님이다 보니, 처녀 신분으로 집사 임명을 받은 나를 믿음이 좋은 사람으로 인정해 주셨기 때문이다.

의정부 시내를 걷노라면 종종 조합원을 만난다. 그럴 때마다 연세 지긋한 어른이 20대 중반의 나에게 정중히 인사했다. 지나가던 사람들이 의아하게 생각할 정도로 예우해 주셨다. 우리 하나님께서 말씀을 사모하며 말씀 중심으로 살려고 애쓰는 나에게 하나님과 사람들 앞에서 귀히 여김을 받게 해 주신 것이다.

조합이 번창하면서 여러 군데에 지부를 두게 되었다. 신협은 1년에 한 번씩 총회를 열어서 그 해의 결산과 새해 예산을 조합원들에게 공개한다. 총회 땐 본점의 조합원뿐만 아니라, 지점에서 거래하는 대다수의 신규 조합원들도 한자리에 모이게 된다. 많은 조합원이 모인 자리에서 우리 전무님은 언제나 나를 세워 주셨다.

"조합원 여러분. 우리 신협에서 홍 과장을 모르면 간첩입니다. 우리 홍 과장이 이 조합의 대들보라는 사실 잘 아시지요?"

전무님과 함께 일했던 약 6년간은 내 인생에서 가장 신바람 나던 기간이었다. 의정부 관내에서 지하에 있던 교회들이 지상으로 올라오고, 월세를 살던 조합원들이 전세로 옮겨가는 걸 보면서, 가슴 뻐근한 기쁨을 맛보았다. 1980~1990년대에 우리 신협을 통해서 수많은 사람이 잘살게 되는 모습을 훤히 지켜볼 수 있었다. 그리고 나는 그 시절 하나님의 사람으로서 기독교계에서 설립한 직장에 다니는 보람과 긍지가 있었다.

사직서를 3번 쓰다

1995년 남편이 36세 되던 해, 강도사 시험에 합격했다. 그때부터 내 마음이 자꾸 흔들렸다. 직장을 그만두고 주의 일에 전심전력해야겠다는 생각이 나를 사로잡았다. 우리 4식구는 그때까지 한 달 생활비 20만 원으로 살고 있었다. 그런데 남편이 매달 사례비 80만 원을 받게 되었다. 그중에 반은 헌금으로 드렸다. 나머지 금액으로 충분히 살 수 있다는 생각이 들자, 결심은 더욱 확고해졌다. 그동안 회사에 근무하면서 수많은 작은 교회의 목회자들이 매월 십만 원의 헌금이 나오지 않는데도 목회를 지속하는 것을 보아왔다. 그에 비하면 우리는 부자라는 생각이 들었다.

남편의 목사 안수를 앞둔 1995년 12월, 나는 직장에 사직서를 냈다. 그러나 사표는 반려되었다. 할 수 없이 다음 해 신협 총회를 잘 마무리한 후 다시 사표를 내야지하고 퇴직 시기를 늦추었다.

1996년 2월 신협 총회를 성황리에 마치고 2차 사직서를 냈다. 그러나 또 반려되었다. 나의 퇴직에 회사는 물론이고 남편을 비롯한 담임 목사님까지 만류했다. '왜 그 좋은 직장을 그만두려 하느냐.'면서 모두 반대하는 것이었다. 아직까진 남편이 교회에서 부교역자이니 사모는 일해도 괜찮다는 것이었다. 나는 담임목사님에게 내가 퇴직해야만 되는 사연을 8장이나 되는 긴 편지지에 적어 보냈다. 오직 우리 하나님만 '그래 그동안 수고했다. 이제 내 집에서 열심히 충성하렴.' 하고 맞아주시는 것 같았다. 직장에서는 3월 1일에 부장으로 승진했지만, 나는 결국 세 번째 사직서를 냈다. 부장월급을 단 한 번 받아 본 뒤의 퇴사였다. 20년 전 입사할 때 첫 월급이 달랑 2만 원이었는데, 퇴직하던 1996년엔 나의 연봉이 3천 5백만 원을 웃돌았다.

신협에서 퇴직하고 매일매일 전심으로 새벽기도회에 출석했다. 섬기는 교회에도 열심히 충성했다. 하나님은 남편을 목사로 세우시고 꼭 1년 후인 1997년에 최고의 목양지 '가능중앙교회'를 설립하셔서 몸 된 교회와 귀한 성도님들을 섬기도록 허락해 주셨다.

폭우 속에서 만난 주님

1984년 8월 말일, 의정부에 엄청난 집중 폭우가 쏟아졌다. 호원동에 있는 중앙염색공장을 비롯해 호원동 일대가 물에 잠기고, 종로 5가로 가는 12번 13번 버스 노선이 침수되어서 도로도 끊겼다. 그런 중에 담임목사님이 행방불명되었다며 교회가 술렁거렸다.

다음 날인 9월 1일은 우리의 약혼식이 잡혀 있었다. 비도 많이 온 데다 무슨 일이 생겼는지, 담임목사님은 그 주간에 교회에 계시지 않았고 연락 두절 상태였다. 나는 속이 탔다. 교회에선 잠시 출타 중이라고만 했다.

성도들은 삼삼오오 술렁거렸다. 유언비어 중에는 성도가 얼마 되지 않는데도 엄청난 교회 건축을 해서 안기부에 불려 갔다는 얼토당토않은 얘기도 들렸다. 나는 억수로 쏟아지는 빗줄기를 바라보며 간절하게 아주 간절하게 기도를 드렸다. 목사님께서 꼭 돌아오시기를.

그날 저녁 밤새 툇마루에 앉아 기도하다가 깜빡 잠이 들었다. 산동네인 우리 집에는 자그마한 텃밭이 있었는데, 그 밭에 큰 글씨가 나타났다. '이사야 41-45'이라는 글자가 적혀 있었다. 꿈속에서도 너무 놀랍고 신비로워서 어쩔 줄 몰랐다. 꿈에서 깨어 성경을 펼치니, 놀라운 말씀들이 나를 기다리고 있었다.

"두려워하지 말라. 내가 너와 함께 함이라. 놀라지 말라. 나는 네 하나님이 됨이라. 내가 너를 굳세게 하리라. 참으로 너를 도와주리라. 참으로 나의 의로운 오른손으로 너를 붙들리라,"(이사야 41:10)

"야곱아 너를 창조하신 여호와께서 지금 말씀하시느니라. 이스라엘아 너를 지으신 이가 말씀하시느니라. 너는 두려워하지 말라. 내가 너를 구속하였고 내가 너를 지명하여 불렀나니 너는 내 것이라. 네가 물 가운데로 지날 때에 내가 너와 함께 할 것이라. 강을 건널 때에 물이 너를 침몰하지 못할 것이며 네가 불 가운데로 지날 때에 타지도 아니할 것이요 불꽃이 너를 사르지도 못하리니."(이사야 43:1-2)

주옥같은 이 말씀들을 묵상하면서, 나는 목사님께서 반드시 돌아오실 것이라 확신했다. 특별히 '너는 내 것이라. 내가 너와 함께 하리라' 이 약속의 말씀은 70년 가까이 살아온 내 생의 여정에서 가장 힘이 되고 용기를 주는 금언으로 가슴에 새겨졌다.

나는 이 귀한 말씀들이 목사님에게 주시는 말씀으로 알고 나중에 교회로 돌아오신 목사님께 편지로 말씀을 드렸었다. 그러나 시간이 흐르고 난 후에는 이 말씀들이 나에게 주신 것이라는 것을 알게 되었다. 목사님께서 돌아오셔서 곧바로 우리의 약혼식을 집전해 주셨다. 한 달여 뒤인 10월 27일에는 결혼주례도 서 주셨다. 결혼식 2주 뒤인 1984년 11월 중순, 목사님은 개인 사정으로 우리가 출석하는 이 교회를 사임하고 다른 곳으로 떠나셨다.

지금도 목사님과 헤어진 것이 너무 마음이 아프다. 목사님은 우리 내외를 청년부 시절부터 결혼할 때까지 믿음과 말씀으로 양육해 주시고, 무엇보다 우리 부부를 무척 아껴주셨다. 김해동 목사님이 계실 때의 추억과 억수같이 비가 쏟아지던 새벽 나의 간절한 기도의 신비한 체험은 평생의 기억으로 남아 있다.

작은 공동체의 큰 행복

신협 직원으로 사회에 첫발을 내딛은 나는 첫 월급으로 2만 원을 받았다. 당시 일반 어른들의 용돈 수준이었지만, 나에게는 아주 귀한 돈이었다. 십일조 2천 원과 감사헌금 2천 원. 이렇게 나의 직장생활은 시작되었다. 작은 규모의 직장이었기에, 거의 15년 동안 제대로 된 월급을 받아 본 적이 없었다.

1980년대 다른 직장에 다니는 친구가 60만 원의 월급을 받을 때, 나는 12만 원을 받았다. 그러나 내가 다니는 직장에는 그 무엇과도 바꿀 수 없는 최고의 선물이 있었다. 매일 업무 시작 전에 직원들끼리 드렸던 아침예배가 그것이다. 입사해서 퇴직할 때까지 한 번도 빠지지 않고 드린, 보배로운 시간들이었다. 우리 회사의 힘은 바로 여기에 있었다. 직원들이 돌아가면서 아침예배의 사회와 기도를 담당했다. 의정부 관내에 있는 목사님들도 가끔 초대해서 말씀을 들었다.

또 한 가지 좋은 것은 마음껏 주일을 지키는 것이었다. 회사 규모가 워낙 작아서 수익이 많이 나지 않았기 때문에, 거의 10

여 년 동안 박봉이었지만 온전히 주일을 지킬 수 있었다. 왜냐하면 공무원들이나 일반 회사원들은 주일에도 여러 사유로 출근하고 당직을 서는 시절이었다. 하지만 우리 회사는 주일엔 무조건 패스였다. 또 감사한 일은 내가 어린 나이인데도 어른들께 존중을 받는 일이었다. 25세에 교회에서 처녀 집사로 임명되자, 사무실에 오는 분들이 나를 일반 직원으로만 여기지 않고 집사의 대우를 해 주셨다. 사무실에서 뿐만이 아니라 길거리에서 만나도 똑같이 대우했다. 지나가는 분들이 다시 돌아보며 저 젊은 아가씨가 누구길래 저렇게 연세 지긋한 어른들이 인사를 할까 갸웃했다. 이 모든 것이 우리 아버지 하나님 덕분이었다.

한 가지 아쉬웠던 점은 우리 조합의 재정이 아주 적은 규모의 금융기관이라는 것이었다. 그런 중에 물질적으로 여유가 있던 분이 우리 조합의 이사장으로 취임하면서, 회사가 조금이나마 성장할 수 있었다. 비록 개인 자산이지만 이사장님의 재산이 넉넉하니까, 조합원들이 우리 기관을 믿을 수 있다고 여겼던 듯싶다. 직장에서 그러한 시간을 10여 년 버텨온 결과, 1989년 12월 조동인 상무님이 부임하셨다.

신나게 일하던 직장생활 20년. 나는 1977년 3월에 입사, 1996년 3월에 퇴직했다. 20년 근속을 축하받으며 멋진 공로패도 받았다.

이제는 말할 수 있다 1

* 이 사실을 하나님 앞에 밝히는 것이 한 점 부끄럼이 없기에, 또는 지금 말 못 할 상황에 놓인 누군가에게는 절실한 도움이 되기를 희망하며 이 내용을 밝힌다.

단양 큰고모 집에서 지내던 중학교 1학년 14세 때 일이다. 고모부님 댁 친척 할아버지가 서울에서 내려오셨다. 고모는 손님들이 오시면 항상 사랑방을 내어 주셨다. 그 할아버지는 오실 때마다 나를 각별히 대해 주셨다. 부모님과 떨어져 사는 나를 친할아버지처럼 대해 주시는 거라 믿었다. 그 무렵의 나는 부모 사랑이 고픈 나머지 나를 알아봐 주시는 어른들을 잘 따르고 의지했다.

그날 밤 나는 사랑채에서 시간 가는 줄 모르고 놀다가 그냥 잠이 들었다. 그런데 한밤중에 무언가 답답한 느낌이 들어 잠을 깼다. 시커먼 어둠 속에서 할아버지가 가만히 있으라면서 내 속옷을 벗기려 했다. 나는 할아버지를 후딱 밀쳐내고 소변이 마렵다며 밖으로 뛰쳐나갔다. 무서웠다. 허겁지겁 고모가 주무시는 방으로 뛰어갔다. 이후 그 친척 할아버지는 고모네 집에 두 번 다시 오지 않았다. 적어도 내가 고모님 댁에 사는 동안엔.

이제는 말할 수 있다 2

종로에 살던 큰외삼촌 집엔 방이 하나였다. 나까지 모두 열 명이 한방에서 잠을 잤다. 지금 생각하면 어떻게 살 수 있었을까 헛웃음이 난다. 하지만 그 시절 그 동네 사람들은 거의 다 고만고만하게 살았다.

내 옆자리에서 고등학생인 오빠가 잠을 자게 되는 날이 종종 있었다. 10세부터 큰외삼촌 집에서 살다가 13세에 단양 큰고모 집으로 갔으니, 아마 그 중간 시절쯤인 것 같다. 내 옆자리에서 잠을 자던 오빠는 자주 내 몸을 더듬거렸다. 어떨 때는 매우 아프기도 했다. 다른 식구들이 깰까 봐 소리도 지르지 못하고, 겨우 돌아눕는 것으로 그 손길을 피해야 했기에 밤이 무서웠다.

얼마 후 종로의 집이 철거되었다. 상계동으로 이사하고 난 뒤엔, 비록 천막집이었으나 방이 넓어서 잠잘 때 그 오빠의 옆자리를 피할 수 있었다. 또 얼마 후 집을 지었을 때는 방이 여러 개 있어서 자연스럽게 그런 일은 일어나지 않게 되었다.

나는 가끔 생각한다. 외삼촌 가족들이 살던 종로 3가의 집이 철거되어 상계동으로 옮겨가게 된 것이 나를 위한 일이 아니었을까 라고.

이제는 말할 수 있다 3

중학교 3학년 여름방학 때 서울에서 대학에 다니는 고모부 손자가 군 단기사병 문제로 단양에 내려왔다. 마침 고모 내외분이 서울에 가서 집에 계시지 않았다. 한여름이라 방문을 활짝 연 채 방 안에 모기장을 치고 자던 시절이었다. 집안 어른이 출타 중인 그날, 나는 대학생 손자와 하룻밤을 집 안에서 단둘이 보내야 했다. 모기장은 방에만 설치되어 있었다. 안방에는 두 분이 주무시는 모기장과 내 모기장이 따로 있었다.

손위 당질과 나는 구수한 된장찌개를 지져 저녁을 먹었다. 이윽고 밤이 왔다. 손자는 두 분이 주무시던 잠자리에서 자고, 나는 내 모기장 속에서 자면 된다. 그러나 나는 친척 할아버지의 악몽이 떠올라, 마루에 이부자리를 펴고 잠을 청했다. 건넌방에는 세를 들어 사는 부부가 살고 있었다. 그분들이 나한테는 든든한 파수꾼 같은 생각이 들었다. 마침 여름이고 문을 모두 열어 둔 채 잠을 자던 시절이라서 그것도 다행이었다. 그날 밤 나는 모기장도 없는 마루에서 모기에게 뜯기느라, 잠을 제대로 잘 수가 없었다. 그러나 그것만이 지켜 줄 부모님도 없는 나를 지키는 최선이었다.

아무것도 모르던 아이에서 소녀가 되어 가던 사춘기 때의 기억이다. 영문도 모른 채 오해받았던 고모부님의 손자에게 미안하게 생각지는 않는다. 다만 나는 나를 지켜낸 것이 일면 대견하다.

이제 내가 부모가 되어 살아보니, 어린 여자아이들에겐 상황판단 능력도 힘도 없다는 것을 알게 되었다. 물론 난처한 상황에 대처하는 지혜도 전혀 발휘할 수 없다는 사실도 깨달았다. 여아의 경우 최소한 자기방어를 할 수 있는 나이가 될 때까지는 반드시 양육자(보호자)가 꼭 돌봐주어야 한다. 또한 위기의 순간 주위에 도움을 청하는 지혜를 발휘할 수 있도록 철저한 교육이 이뤄져야 한다.

6장

온전한 예배를 사모하다

우렁각시 공동체
친정 식구 같은 사모님들
자녀를 위한 작정 감사헌금
복되고 복된 딸 예진
끝내 예배 참석을 허락하신 하나님
온전히 드려지는 예배를 사모하다
예배가 본업, 직장은 부업
우리 교회 전용 문이 생기다
변함없이 존경하는 나의 낭군님
40일 7차 작정기도

우렁각시 공동체

1997년 12월 20일 오직 주님 한 분만으로 만족하며 우리 가족은 가능중앙교회로 이사했다. 교회 건물 내부에 방이 두 개가 있는 자그마한 사택이 준비되어 있었다. 이사 한 첫날부터 우리에게 하나님께서 예비해두신 우렁각시의 손길이 이어졌다.

우렁각시에게서 처음 받은 선물은 검은색 정장 한 벌이다. 생전 처음 입어 보는 조끼가 있는 옷이었다. 그 옷을 15년 동안 입었다. 이후부터 현재까지 우리 가정은 생활용품부터 가전제품까지 우리가 무언가 필요할 때마다 아니 미처 생각지도 못한 물품들이 시시때때로 준비되어 있었다. 어떤 때에는 마음만 품었는데도, 기적처럼 '여호와 이레'의 은혜를 날마다 체험하게 해 주신 것이다. 먼저 그의 나라와 그의 의를 구하라는 주님 말씀처럼, 오직 주님만 구하는 우리 가정에 하나님께서 이 모든 것을 더해 주셨다. 1997년부터 지금까지 20여 년을 변함없이, 선지자 엘리야를 극심한 3년 6개월의 가뭄 가운데 먹이셨던 것처럼, 주의 종의 가정을 먹여 주시고 채워 주시고 입혀 주시고 길러 주셨다.

교회 일도 마찬가지였다. 주님의 몸인 교회를 위해서 헌신하거나 헌물을 드리고는 그 누구도 아무런 내색을 하지 않는다. 이 모든 일에 대해 우리 내외는 그냥 감사하고 감사드릴 뿐이다. 이렇게 귀한 성도들을 허락하신 하나님께 어찌 감사와 찬양을 드리지 않을 수 있겠는가.

우리는 목회 첫날부터 지금까지 날마다 감사하고 늘 하나님께 찬양과 영광을 돌려 드린다. 우리 내외는 어느 모임이나, 어떤 자리에서도 우리 교회와 성도들을 자랑하지 않을 수가 없다. 우리가 섬기는 목양이 행복하고, 매 순간이 기쁘고 감사하기 때문이다. 우리 내외에게 목양이 이어질 때까지 이분들을 사랑하고, 섬기고, 보살피고, 주 안에서 행복하게 해드리고 싶다. 그렇게 되기를 간절히 소원한다.

친정 식구 같은 사모님들

1996년 3월 말. 20년 동안 다녔던 직장에서 퇴직했다. 나는 39세였다. 처음 며칠은 회사를 그만둔 것이 실감 나지 않아서 그냥저냥 지냈다. 매일 수없이 많은 조합원을 상담하고 과중한 업무 가운데 지내다가 20년 만에 전업주부가 되어 집에 있게 되니, 말하는 법을 잊어버린 것 같았다. 근무 기간 중의 마지막 5년은 회사가 급성장한 관계로 점심을 먹을 시간도 없이 엄청나게 많은 조합원을 상담했다. 그런데 갑자기 퇴직하고 말을 멈추니, 이런 현상이 나타난 것이었다.

이러다가 말을 잊어버리게 되는 건 아닐까 더럭 겁이 났다. 남편도 걱정되고 안타까웠던지, 어느 날 책을 한 권 사 왔다. 양은순 교수의 《사랑과 행복에의 초대》라는 책이었다. 그 책을 받은 후 단숨에 읽었다. 그리고는 바로 저자인 양은순 총장님이 인도하는 홈 상담세미나에 참석했다.

양은순 교수님의 자녀를 위한 가정세미나가 1, 2, 3차 단기 코스로 진행되는 교육이었다. 나는 무조건 신청했다. 그리고 의정부에서 목동의 언덕 동네를 전철을 두 번 갈아타고 마을버스를 갈아타면서 한 번도 결석하지 않았다. 그 당시 함께 등록한 각처에서 모인 사모들과 예전에 상담공부한 사모 중 일부가 바로 지금의 사모 모임 회원들이다. 그분들은 나의 영원한 멘토이며 친정 식구 같은 분들이다.

1996년에 시작된 우리 모임은 나날이 성장 발전했다. 지금은 전국 각처에서 약 20여 명의 사모와 세계 각국(알바니아, 미국, 중국, 필리핀, 호주 등)에서 사역하고 있는 선교사들로 구성되어 있다. 비록 몸은 멀리 있어도 부탁의 기도나 감당하기 어려운 일이 생겼을 경우 카톡에 올리면, 순식간에 부흥회를 능가하는 기도들이 쏟아지고, 곧 응답의 글들이 올라온다.

그때부터 지금까지 거의 30년을 매달 만나고 있으며, 함께 기도하는 가운데 삶의 질곡을 진솔하게 나누고 있다. 모임은 너무 감격스럽고 하나님의 은혜가 넘치며 엄청난 힘을 공급받게 된다. 회원들이 한 달에 한 번씩 모임을 갖는 이유는 단지 얼굴을 보려는 것뿐만이 아니라, 더욱 중요행사가 있기 때문이다. 회원 교회를 순회하면서 함께 기도하고, 나누고, 섬기며 서로를 격려하는 것이 바로 그것이다. 또한 1년에 한 번씩 2박 3일 수련회를 다녀온다. 우리가 서로 협력하고 배려하며 무조건적인 사랑으로 섬기는 그룹으로 성장할 수 있었던 것은, '홈의' 양은순 총장님의 귀한 가르침이 밑거름이 되었기 때문이다.

나는 친정 언니 또는 동생 같은 사모님들과 함께할 수 있어서 무척 행복했다. 덕분에 지금까지의 사명을 기쁨으로 감당할 수 있었다. 자신을 낮추고 공동체와 지체들을 섬기며, 교회나 가정을 바르게 세워 가면서 오직 하나님이 기뻐하는 공동체를 만들어 간 것이다. 모든 일을 통하여 하나님께 영광을 돌려 드리는 것이 우리 사모 모임의 강점이자 존재 이유다. 해외선교사로, 군 선교사로, 지방에서 농촌교회로, 도시에서 작은 교회로 수고하는 동역자 사모님들. 여러분을 진심으로 존경하고 사랑합니다.

자녀를 위한 작정 감사헌금

20여 년 동안 함께 했던 기도동역자 사모 한 분이 있다. 수년 전 여름 수련회에 참석하여 함께 기도제목을 나누었다. 그때 자녀들을 위해서 작정하고 금식기도를 했다는 간증을 듣고, '그 사모님의 자녀들은 얼마나 좋을까'라는 생각이 들었다. 그 자녀들이 부러웠다.

나도 나름대로 우리 자녀를 위해 기도했지만, 그것만으로는 부족하다는 생각이 들었다. 금식은 자신이 없고, 감사예물을 작정하고 드려야겠다고 마음먹었다. 그 후 매월 한 번씩 매주 감사보다 큰 금액으로 드리고 있다. 우리 집 자녀는 보험을 하나님께 든 것이다. 자녀를 위한 감사예물은, 매주 감사와는 별도로 구별하여 드리고 있다. 남편이 은퇴할 때까지 매달 자녀들을 주님께 맡기며 작정 감사예물을 드릴 계획이다. 예전에도 아들이 군에 입대했을 때부터 제대할 때까지 매주 감사예물을 드렸다.

감사는 하면 할수록 또 감사가 생겨난다. 아들의 결혼도 오직 감사로 하나님께 맡겼을 때, 실타래가 풀리듯이 술술 풀려서 지금은 손녀는 물론 손자도 태어나서 더 많은 감사가 넘쳐나고 있다. 손녀를 돌보면서 어린이집에 보내지 못하는 날엔 모임에 데리고 갈 때가 종종 있었다. 그러면 가끔 우리 손녀에게 용돈을 주는 분들이 있었다. 그 용돈을 손녀의 이름으로 하나님께 감사예물로 드리곤 했다.

우리 집의 고명 딸 예진은 감사하게도 '감사'로 삶이 똘똘 뭉쳐 있다. 하나님께서 어떻게 쓰실지 기대되는 아이다. 오직 감사로 나를 영화롭게 하라고 하신 주님 말씀에 순종하며 살아온 것이다. 뒤돌아보면 나의 인생 전체는 감사 그 자체였다.

복되고 복된 딸 예진

딸 예진이 21살 되던 해 맥추 감사주일에 목사님이 성도들에게 감사한 내용 20가지를 적어 오라고 했다. 그때 예진도 감사의 글을 적었다.

감사 페스티벌 6

시편 50:23 '감사로 제사를 드리는 자가 나를 영화롭게 하나니'

1. 남들보다 작은 키를 주심으로 다른 이들을 우러러보게 하셔서 늘 낮은 자의 하나님을 기억하게 하시니 감사합니다. (잠 3:34 진실로 그는 거만한 자를 비웃으시며 겸손한 자에게 은혜를 베푸시나니. 빌 2:3 아무 일에든지 다툼이나 허영으로 하지 말고 오직 겸손한 마음으로 각각 자기보다 남을 낫게 여기고)

2. 하나님의 전당에 사는 귀한 축복을 누리게 하시니 감사합니다. (시 84:4 주의 집에 사는 자들은 복이 있나니 그들이 항상 주를 찬송하리이다.)

3. 피아노 전공자도 아닌데 부족한 저를 사용하여 주시니 감사합니다. (딤전 1:12 나를 능하게 하신 그리스도 예수 우리 주께 내가 감사함은 나를 충성되이 여겨 내게 직분을 맡기심이니)

4. 이 시대에, 이 나라에, 이 가정에 태어나게 하신 것을 감사합니다. (렘 1:5 내가 너를 모태에 짓기 전에 너를 알았고 네가 배에서 나오기 전에 너를 성별 하였고)

5. 다니엘과 세 친구, 다윗과 요나단과 같이 하나님 안에서 '뜻을 정한' 친구들을 만나고 교제하게 하시니 감사합니다. (단 1:8 다니엘은 뜻을 정하여 왕의 음식과 그가 마시는 포도주로 자기를 더럽히지 아니하리라. 단 2:17 이에 다니엘이 자기 집으로 돌아가서 그 친구 하나냐와 미사엘과 아사랴에게 그 일을 알리고)

6. 하나님과 사람들에게 많은 사랑을 받게 하시니 감사합니다. (습 3:17 그가 너로 말미암아 기쁨을 이기지 못하시며 너를 잠잠히 사랑하시며 너로 말미암아 즐거이 부르며 기뻐하시리라 하리라)

7. 하나님을 모르는 끔찍하고 두려운 삶을 겪지 않게 하시니 감사합니다. (살후 2:13 마땅히 하나님께 감사할 것은 하나님이 처음부터 너희를 택하사 성령의 거룩하게 하심과 진리를 믿음으로 구원을 받게 하심이니)

8. 금방 잠이 들지 못하는 체질을 주셔서 밤마다 묵상·감
   사·회개의 시간을 갖게 하시니, 감사합니다. (골 4:2 기도
   를 계속하고 기도에 감사함으로 깨어 있으라)

9. 우리 청년부에 또래가 거의 없지만 그러므로 인해 30대,
   40대 대선배님들의 귀한 경험과 충고를 듣게 하시니 감
   사합니다. (신 32:7 네 아버지에게 물으라. 그가 네게 설명할
   것이요 네 어른들에게 물으라. 그들이 네게 말하리로다)

10. 자퇴와 고시원 생활 등으로 외롭게 혼자 지내고, 또 내
    가 사랑하고 의지했던 것들을 잃는 경험을 함으로써
    오직 주님만 의지함을 배우게 하시니 감사합니다. (시
    62:6 오직 그만이 나의 반석이시오, 나의 구원이시오, 나의 요
    새이시니)

11. 많은 달란트를 주신 것도 감사한데, 누가 나에게 주신
    건지 왜 주신 것인지까지 알게 하시니 감사합니다. (벧
    전 4:10 각각 은사를 받은 대로 하나님의 여러 가지 은혜를 맡
    은 선한 청지기같이 서로 봉사하라)

12. 어려서부터 하나님께서 하나님의 가정을 어떻게 채우
    시는지 직접 보고 경험하게 하시고, 말씀 그대로 이루
    신다는 것을 온몸으로 알게 하시니 감사합니다. (마 6:33
    그런즉 너희는 먼저 그의 나라와 그의 의를 구하라 그리하면 이

모든 것을 너희에게 더하시리라. 삼상 12:16 너희는 이제 가만

히 서서 여호와께서 너희 목전에서 행하시는 이 큰일을 보라)

13. 날마다 하나님이 함께하심을 느끼게 하시니 감사합니

다. (시 73:23 내가 항상 주와 함께하니 주께서 내 오른손을 붙

드셨나이다.)

14. 평소에 하늘이나 나무 등 자연을 보는 것을 굉장히 좋

아하는데, 하나님께서 지으신 아름다운 세상을 볼 때

마다 감탄하고 감동하게 하시니 감사합니다. 놀라

운 지혜로 세상을 창조하신 하나님을 찬양합니다. (시

136:5 지혜로 하늘을 지으신 이에게 감사하라 그 인자하심이

영원함이로다.)

15. 오늘도 살아 있음에 감사합니다. (사 38:19 오직 산 자 곧

산 자는 오늘 내가 하는 것과 같이 주께 감사하며)

16. '뭐 좋은 일 있냐?'는 소리를 자주 듣게 하시니 감사합

니다. 주님이 제 안에 계셔서 기쁨이 넘치기 때문입니

다. (잠 15:15 마음이 즐거운 자는 항상 잔치하느니라. 행 2:28

주께서 생명의 길을 내게 보이셨으니 주 앞에서 내게 기쁨이

충만하게 하시리로다.)

17. 21살인 것에 감사합니다. 22살엔 지금보다 더 하나님

을 알게 되고, 23살엔 더더욱 하나님을 알게 될 사실에

감사합니다. 영원토록 날마다 하루하루 하나님을 더 깊이 알게 되리라 생각하니 벅차고 감사합니다. (호 6:6 나는 인애를 원하고 제사를 원하지 아니하며 번제보다 하나님을 아는 것을 원하노라.)

18. 슬프고 아팠던 일들을 시간이 지나면 잊어버릴 수 있도록 인간을 창조하심을 감사합니다. 반면에 기억하는 능력 또한 주셔서 주님께 받은 복들을 세어볼 수 있게 하시니 감사합니다. (사 43:18 너희는 이전 일을 기억하지 말며 옛날 일을 생각하지 말라. 시 77:11 곧 여호와의 일들을 기억하며 주께서 옛적에 행하신 기이한 일을 기억하리이다.)

19. 제 이름이 **정예진**인 것에 감사합니다. 성경을 보면 사람들이 자기 이름대로 살아가는 것을 봅니다. 날마다 '하나님께서 약속하신 보배야(=정예진 이름의 뜻)'라는 소리를 듣고 사니 얼마나 행복한지 모릅니다. (대상 17:8 네가 어디로 가든지 내가 너와 함께 있어…. 세상에서 존귀한 자들의 이름 같은 이름을 네게 만들어 주리라.)

20. 주님으로 인해 감사하고 또 감사합니다. (롬 7:25 우리 주 예수 그리스도로 말미암아 하나님께 감사하리로다.)

2011년 맥추감사 주일 **정예진** 청년

끝내 예배 참석을 허락하신 하나님

은행 마감 시간이 되어서 조합의 문을 닫고 있는데, 양복을 입은 신사 4명이 조합에 들어섰다.

"금융감독원에서 감사 나왔습니다."

그들은 곧바로 출납계로 향하더니, 현금 시재를 확인했다. 시재는 정확하게 딱 맞았다. 나는 당시 출납을 담당하고 있었는데, 금융감독원에서 불시에 감사를 나온 것이었다. 긴장된 분위기 속에서 나는 조용히 전화를 걸었다.

"목사님, 오늘 수요예배는 참석 못 할 것 같아요. 지금 금융감독원에서 감사가 나왔습니다."

그런데 느닷없이 나이 지긋한 감사 한 분이 말씀하셨다.

"현금 시재가 정확하네요. 본격적인 감사는 내일부터 할 예정이니, 오늘은 퇴근들 하시지요."

할렐루야!

다음 날 감사를 받으면서 한 가지 사실을 알게 됐다. 어제 퇴근하라고 말씀하신 분은 감사반장인데, 그분의 아내가 교회 권사님이었다. 내가 전화하는 내용을 듣고 우리를 퇴근시켜 준 것이다.

"우리 집사람처럼 신앙생활을 잘 하시는군요."

그분은 감사 기간에도 예의를 갖춰 대해 주셨다. 사모하는 자에게 만족할 만한 것으로 베푸시는 하나님의 손길을 느낄 수가 있었다.

온전히 드려지는 예배를 사모하다

고등학교에 다닐 땐 학생부 예배만 드려서 예배에 대해 잘 몰랐다. 졸업 이후에 성인예배에 참석하다 보니 직장인인 내가 드리지 못하는 예배가 있었다. 금요일 낮에 드리는 구역예배와 일 년에 한두 번씩 열리는 부흥회나 낮에 드리는 예배 등이었다. 또 매일같이 드리는 새벽기도회도 있었다. 나는 교회의 모임이나 예배는 무조건 다 참석했다. 나를 보려면 우리 교회 모임에 오면 언제든지 만날 수 있다.

그런데도 드리지 못하는 예배가 있었다. '어떻게 하면 하나님께 온전히 드려지는 예배를 올려드릴 수 있을까' 고민했다. 결론은 내가 전폭적으로 주의 일을 하는 것이었다. 그때부터 나는 하나님께 기도하기 시작했다. '저를 신학교에 보내서서 전도사로 쓰시든지, 아니면 목사의 아내가 되게 하셔서 사모로 쓰시든지…' 주님께 간구하는 기도를 드렸다.

하나님께선 나에게 목사 남편을 주시고 사모가 되게 하셨다. 하나님께 올려드리는 모든 예배를 다 드릴 수 있게 기회를 주셔서, 무한한 감사와 행복을 느끼며 살고 있다. 나는 예배를 통해 말씀을 들으면서 믿음의 사람이 되었다. 예배를 드릴 때는 집중해서 말씀을 듣는다. 그러할 때 믿음이 쑥쑥 자라는 것을 느낄 수가 있었다. 찬양도 열정적으로 드린다. 특히 기도시간은 최고로 행복한 시간이다.

예나 지금이나 교회에 가는 시간은 내게 설렘과 기쁨 그 자체다. 예배의 기쁨을 세상 사람들이 모두 마음껏 누렸으면 좋겠다.

예배가 본업, 직장은 부업

내가 22세 때 큰언니가 쌍문동에 집을 장만하여 이사 왔다. 덕분에 작은언니와 나는 형부네 집에서 함께 살게 되었다. 내가 다니는 신협은 의정부 시내에 있고, 출석하는 교회는 의정부 변두리인 가능동에 있었다. 평일에 출근할 때는 8시쯤 집을 나섰다. 그러나 주일에는 항상 오전 6, 7시 사이에 집에서 교회로 출발했다. 주일 학생부 예배를 8시 30분에 드려야 하기 때문이었다. 겨울에는 어두운 새벽에 집에서 나섰다.

교회에 도착하면 아이들 가정에 심방을 갔다. 그러다 보니 동네에 사는 분들은 내가 의정부 사람인 줄 알고 있었다. 근무를 마치면 수요예배, 목요청년예배, 금요구역예배, 금요 철야예배, 토요학생예배를 드리러 갔다. 그래서 거의 매일 교회 주변에 사는 분들을 만났기 때문이었다. 주일에는 온종일 예배를 드리기 위해 거의 의정부에서 살다시피 했다. 나는 예배 드리는 일이 내 본업이고, 직장은 부업이라 생각하며 지냈다. 어느 날 나와 함께 주일학교 교사로 수고하는 분이 말했다.

"홍 집사님은 이다음에 사모가 될 분이라, 저렇게 열심히 하시는 거예요."

나는 아니라고 말하고 싶었다. 나를 사랑해 주시는 주님의 일이기에, 언제나 기쁘고 감사함으로 했을 뿐이라고. 무엇이 되기 위해 기도하는 것이 아니라고 설명하고 싶었다.

부흥집회가 있을 땐 거의 의정부에서 막차를 타고 쌍문동 집으로 갔다. 버스에서 내려 집에 당도하려면 15분쯤 걸어가야 한다. 그럴 때마다 하나님께 감사한 것이 하나 있었다. 나에게 빼어난 미모를 주시지 않은 점이었다. 내가 미모가 좀 되는 아가씨였다면, 그 무서운 밤길을 아무 일 없이 보호받을 수 있었겠는가.

우리 교회 전용 문이 생기다

우리 교회는 아파트에 연결된 상가 건물 안에 있다. 한 개 동밖에 없는 아파트라서 상가 2, 3층은 3년째 비어 있었다. 우리 교회가 개척되면서 이곳 빈 상가를 매입했다. 내부 시설을 모두 뜯어내고 리모델링에 들어갔다. 3층은 예배당으로, 2층은 교육관과 식당 그리고 사택으로 꾸몄다.

비어 있던 상가 건물에 교회가 들어온다고 알려지자, 일부 아파트 주민이 시청에 민원을 제기했다. 교회가 들어오면 아파트와 가까운 거리라서 불편을 초래한다는 것이었다. 양측 간에 분쟁이 생겼다. 의정부시에서 가름하기를, '이곳 교인들이 아파트를 통과하지 않도록 직접 오르내릴 수 있는 교회 전용 계단을 만들라.'고 중재했다.

민원 덕분에, 우리 교회는 큰길에서 바로 교회로 출입할 수 있는 계단을 갖게 되었다. 비록 비용은 많이 들었지만, 우리에게는 무척 편리하고 좋은 일이었다. 합력해서 선을 이루어 가시는 하나님의 은혜였다고 생각한다.

변함없이 존경하는 나의 낭군님

내 인생의 대박은 존경하는 남편 정남훈과 부부의 연을 맺은 것이다. 그를 동역자로 만났기에, 나의 인생은 대박이 났다. 청년 시절 모교회인 염광교회를 개척할 때부터 우리의 만남은 시작되었다. 그는 항상 나의 든든한 후원자였다. 난처하거나 버거운 일이 생길 때마다, 그는 나의 방패와 의지처가 되어 주었다. 말씀 중심의 신앙 노선을 지키는 것도 감사했다. 나보다 두 살 연하였지만, 믿음은 대선배였다. 나는 그의 믿음과 헌신에 매료되어 그를 존경하게 되었다.

그는 군인 시절에도 나를 염려해 주었다. 함부로 대하지 않고 나를 지켜 준 것은 혹여라도 내 삶에 생채기가 나지 않도록 배려했기 때문이다. 결혼한 후에도 그의 배려는 항상 으뜸이었다. 늘 나를 지켜 주고 양보해 주었다. 나이가 들수록 그의 배려는 더욱 깊어졌다. 원래 말수가 적은 사람인데, 나이가 들어가는 요즘엔 먼저 이야기하고 자잘한 일상을 나누는 세심함을 실천하고 있다.

지난 2017년 11월 5일부터 남편 목사는 강단 철야기도를 시작했다. 성령 하나님께서 강력하게 요구하심으로 아내인 나에게 의논하지 않고 그대로 순종했다. 주 5일간 철야 제단을 쌓았다. 직장에 다니는 권사님 한 분이 동참했다. 주말 2일 동안의 철야기도는 목사님에게 큰 힘이 되고 있다. 하나님과 좋은 관계로 사귐의 시간을 누리니, 우리 목사님의 사역은 더욱 풍성해졌다. 비록 몸은 피곤하겠지만 늘 행복한 얼굴에 기쁨이 넘쳐난다. 덕분에 나를 비롯한 우리 가족과 성도들은 풍성한 은혜를 누린다. 그동안에도 늘 강단의 말씀이 풍성했지만, 요새는 그 강도가 차고 넘친다. 성령 충만한 그의 반려자인 나는 기쁨과 감사가 날마다 차고 흘러넘친다. 이 모두가 하나님의 은혜다.

40일 7차 작정기도

1996년 3월 전폭적으로 주의 일을 하려고 직장을 퇴직한 후인 6월 어느 주일이었다. 예배 때 말씀을 들으면서 특별한 작정을 하게 되었다. 비구름이 떠오르기를 바라며 바다 쪽으로 일곱 번이나 심부름 나갔던 엘리야의 사환이 손바닥만 한 구름이 떠올랐다고 보고하는 성경 말씀과 요단강물에 일곱 번 씻은 후 나병이 깨끗하게 나은 나아만 장군의 성경말씀을 근거로, 나는 40일씩 작정 기도를 7차에 걸쳐 실천하기로 마음먹었다.

기도 제목의 첫 번째는 우리에게 목양지를 허락해 주시기를 간절히 구하는 것이었다. 기도만이 최고의 방법이라는 것을 알았기 때문이다. 내가 가진 것이 하나도 없으니, 오직 주만 바라볼 수밖에 없었다. 280일, 거의 1년을 작정기도로 보내게 되었다. 1997년 7월에 오산리기도원에서 금식기도도 했다. 그리고 1997년 10월, 우리 가능중앙교회로 부임 받아 오게 되었다.

올해 2024년 초, 4월에 태어난 둘째 손자를 생각하면서 새삼스럽게 28년 전에 드렸던 40일 7차 작정기도가 생각났다. 우리 딸 예진의 결혼을 첫 번째 기도제목으로 삼고 다시 한 번 힘차게 기도를 시작했다. 7차 작정기도를 시작하면서 감사의 예물을 드렸다. 매번 기도를 마칠 때마다 득별 감사예물을 드리고 있다.

현재 간증 책을 발간하는 중에 이런 귀하고 복된 작정기도를 하게 되어서 너무 행복하고 감사하다. 올해 연말이면 7차 기도가 마무리된다. 벌써부터 기대가 되고 설렌다. 28년 전에 나의 정성과 마음을 받아주신 우리 아버지께서 이번에도 기뻐 받으시고 영광 나타내주실 줄 믿는다.

응답 주시기를 기뻐하시는 우리 하나님! 사랑합니다.

가족의 이름으로

지각생 신부

1984년 10월 27일 결혼식이 시작되는 시각은 오후 2시였다. 그런데 신부가 나타나지 않았다. 휴대전화를 사용하던 시절이 아니니, 새신랑은 애가 탔다. 하객들은 웅성웅성 야단들이었다.

나는 토요일 오후에 의정부 시내 중앙로에 차를 타고 다녀본 적이 거의 없었다. 그래서 주말에 길이 그렇게 막히는 줄 몰랐다. 그날 나는 언니의 친구가 운영하는 쌍문동 미용실에서 신부화장을 받았다. 그런데 평소엔 불과 몇 분이면 중앙로를 빠져나올 수 있는데, 그 날은 거의 한 시간 이상 소요되었다. 변두리에 있던 교회에 도착하니, 오후 2시 20분이었다.

교회에는 하객들이 많이 와 있었다. 언니와 나 둘이 사는 관계로 우리에겐 친인척이 별로 없었다. 그런데 교회 식구들과 신협 조합원들이 많이 오셔서, 무척 감사하고 행복했다. 30여 년이 지난 오늘까지 교회 행사에 우리 결혼식 때처럼 손님이 많이 모인 적이 거의 없었다고 한다. 이 모든 것이 하나님의 은혜였다.

예식이 끝나고 김용옥 집사님이 자가용과 기사를 보내 주셨다. 그 차로 우리는 호사스럽게 인천으로 신행 드라이브 길에 올랐다. 집사님 덕분에 인천 구경도 하고, 난생처음 산낙지도 먹었다. 남편과 나는 그날 이전까지 산낙지는 산에서 나온 것인 줄 알았다. 첫날밤은 주님께 드리고, 주일 아침 우리는 서둘러 교회에 갈 채비를 했다. 시어머니는 '새색시가 오늘도 교회에 가려느냐?' 물으셨다. 그때 남편이 확실하게 내 길을 열어 주었다.

주일 낮 예배를 드리는데, 담임목사님께서 성도님들을 책망하셨다. 우리 교회 잔치인데 손님 대접보다 먼저 식사를 했다고 호통을 치는 것이었다. 우리는 고개를 들 수가 없었다. 너무 민망하고 성도님들에게 죄송했다. 우리 부부는 행복하게도 목사님의 과잉보호를 받고 있었다.

우리 형부 최고

한 지붕 밑에 살면서 철부지 막냇동생 뒷바라지를 하느라, 작은언니는 고생이 많았다. 큰언니는 두 여동생이 맘에 걸렸던지, 가족들과 함께 의정부로 이사를 왔다. 형부의 직장은 서대문에 있었다. 의정부에서 서대문까지 출퇴근하려면 만만치 않은 거리인데, 처제들을 보호하려고 이사 온 것이 그저 고맙기만 했다. 결혼도 안 한 어린 아가씨 둘이 덩그러니 살기엔 세상이 만만치 않다면서 형부가 먼저 제안했다는 것이다.

큰언니 내외는 친정엄마가 안 계시는 동생들의 든든한 보호자가 되었다. 뿐만 아니라 나는 결혼식 때 형부의 손을 잡고 붉은 카펫 위를 걸었다. 남편 될 사람이 집에 인사 왔을 때, 형부는 또 한 번 나를 감동케 했다. 형부는 평소에 말수가 없는 편이었다.

"우리 막내 처제는 정말 좋은 사람이야. 이런 참신한 신부는 어디서도 만나기 어려울 거야."

형부는 큰언니보다 거의 10년 연상이다. 그래서 우리 자매들은 큰형부를 아버지같이 여겼다. 우리가 결혼할 때 형부는 동서가 생겼다고 무척 좋아했다. 마치 장인이 사위를 본 것처럼 기뻐하며 가족이 느는 것을 진심으로 반겼다. 명절이나 집안 애경사에 온 가족이 모일 때면, 항상 부족한 우리 내외에게 신경을 많이 써 주셨다. 아무것도 없이 결혼한 우리에게 신혼집도 마련해 주고 장롱도 사주셨다.

"형부. 큰언니. 항상 감사하고 있습니다."

환갑에 엄마가 생기다

2014년. 나는 딸 예진이로부터 유독 많은 사랑과 돌봄을 받았다.

"우리 엄마 너무 예쁘다.

"너무 사랑스러워서 깨물어 주고 싶다."

"아휴 귀여워라."

5세 꼬마였던 때가 엊그제 같은데, 그새 25세 숙녀가 된 딸이 60살을 바라보는 나에게 무한한 사랑을 퍼부어 주었다. 마치 엄마와 딸이 뒤바뀐 것처럼 뽀뽀해 주고, 맛있는 것도 사주고, 분위기 좋은 커피숍도 데려가 주었다. 어디 그뿐인가. 내가 하는 일마다 잘했다고 칭찬하고, 크고 작은 무한대의 사랑 공략으로 나를 감동하게 했다. 딸아이가 소나기 같이 퍼부은 사랑의 유효기간은 거의 1년간이나 이어졌다. 물론 예전이나 지금도 변함없이 나를 사랑하고 있지만, 유독 2014년 그해는 달랐다.

그래서일까. 따뜻하고 포근한 사랑의 기운이 내 가슴에 가득 차고 넘치는 것을 느낄 수가 있었다. 또 어릴 때부터 오랫동안 억압해 왔던 내 안의 아픈 기억과 슬픔이 말끔히 치유되는 것을 느꼈다. 내 안의 상처가 치유됨에 따라, 그 누구라도 품을 수 있는 넉넉한 마음이 생겼다. 신기하게도 마음에 걸리는 것이 점점 옅어져 갔다. 겉으로는 용서한 것처럼 보였으나, 마음속 깊이 쟁여두었던 해묵은 응어리조차 봄눈처럼 삭아져 갔다. 정말 신기한 일이었다. 나도 딸에게서 듬뿍 받은 사랑을 남편에게 전해 주고 싶어서 시도해 보았으나, 그저 흉내에 불과했다. 딸이 나에게 베푼 사랑은 딸 예진이 혼자의 힘으로 한 것이 아니라, 성령 하나님께서 함께 해 주셨기에 가능했던 일이었다.

2015년 폭풍처럼 강렬하고 봄볕처럼 따듯한 사랑을 받고 난 이후부터 나의 삶은 더욱 빛나고 윤택해졌다. 받은 사랑이 풍부하니, 모든 것이 좋게 보였다. '하나님은 사랑이시라'고 하신 말씀이 가슴 깊이 스며들었다. 가정에서 교회에서 그리고 대인관계에서 너그러워지고 여유가 생겨났다. 무엇보다 하나님과의 관계가 더욱 밀착되었다. 에녹의 '하나님과의 동행'을 폐부로 느낄 수 있었다.

하나님과의 첫 만남

1975년 12월에 세례를 받았다. 고2 때 교회학교 중등부 2학년을 지도하는 교사 임명장을 받았다. 매주 열심히 심방하고 아이들과 늘 함께했더니, 나날이 학생들이 늘어났다.

그해 여름방학 때 유초등부 여름성경학교가 시작되었다. 방학이라 시간적 여유가 있어 여름성경학교 보조교사로 봉사했다. 나는 새로 나오는 신입 반 아이들의 담임을 맡게 되었다. 북을 치면서 여름성경학교 교가를 부르며 온 동네 골목길을 누비고 다니면, 동리 아이들이 졸졸 따랐다.

내가 맡은 기린반은 전체 여름성경학교 행사 중에서 제일 인기가 많은 반이 되었다. 어린이도 제일 많고, 진행되는 프로그램도 1등을 도맡아 했다. 그해 여름성경학교는 성황리에 끝났다. 그런데 기린반 아이들이 워낙 나를 잘 따르고 좋아해서 어쩔 수 없이 학생부 교사로서 주일학교 기린반 교사를 겸하게 되었다.

하지만 두 가지 일은 잘할 수가 없었다. 학생부에 치우치다 보니, 신입 반 아이들이 하나둘 줄어들기 시작했다. 아이들은 관심과 사랑을 먹고 자라기 마련인데, 그렇지 못하다 보니 이런 일이 벌어진 것이었다. 이때만 해도 교회 일들을 내 열정만으로 해 왔었다. 그러나 이제 그 일은 내 힘만으로 감당하기엔 역부족이었다.

어느 주일 오후, 저녁 주일학교 예배를 마친 후 결석한 주일학교 어린이들을 생각하면서 기도했다. 아이들을 잘 챙기지 못한 일을 회개하며 기도를 드리는데, 갑자기 눈물과 콧물이 마구 쏟아졌다. 처음 겪는 일이라 당황스러웠다. 기도를 마치고 난 후 표현키 어려운 크고 넉넉한 평안함이 찾아왔다. 성령 하나님의 임재를 처음으로 느끼는 순간이었다.

그게 아닌데

출산을 앞두고 몸이 무거워져서 새벽기도회에 잘 나가지 못하고 있던 어느 날 꿈을 꾸었다. 꿈에 친한 친구와 나는 똑같이 딸을 낳았다. 내 친구는 병원에서 딸이라고 해서 당연했지만, 나는 아니었기 때문이다.

"어 이게 아닌데?"

나는 아기를 가지려고 기도할 때부터 '아들을 주세요.'라고 말씀드렸고, 의사 선생님도 분명히 고추를 달고 있다고 했는데, 딸을 낳아서 바로 하나님께 반문한 것이었다. 그러자 하나님께서 기도하지 않아서 그런 결과가 나온 것이라고 하셨다. 꿈에서 깬 나는 다짐을 했다. 열심히 기도하겠노라고.

이후 나는 몸이 피곤해도 열심히 새벽 제단을 쌓았다. 어느 날엔 남편이 타고 있는 자전거 뒤에 타고 가다가 눈길에 미끄러져 빙판에 떨어졌다. 그런데 다행히도 태아에게는 이상이 없었다.

1985년 12월 주일저녁, 예배를 마치고 집에 가려고 자전거를 찾으니 보이지 않았다. 새로 산 지 채 2주일도 안 된 새 자전거였다. 생각해 보니, 우리 아이를 위해서 자전거를 치우신 것 같다는 느낌이 들었다. 자전거가 있으면 아기를 출산할 때까지 그 자전거를 타고 다닐 터이니, 무슨 일이 일어날지 모르는 일이었다. 헌 자전거를 버리고 새로 구매했던 자전거였지만, 잃어버린 아쉬움보다 오히려 감사가 터져 나왔다.

하나님 아버지. 세밀하게 보살펴 주심에 진심으로 감사드립니다.

내 품으로 돌아온 예진

어느 화창한 토요일 오후 5시가 넘었는데도 예진이 돌아오지 않았다. 지난달 우리 교회 집사님이 의정부 시내에 있는 YWCA 미술 교실에 9세 예진을 등록해 주셨다. 매주 토요일에 학교를 마치고 집으로 돌아와서 준비해둔 왕복 차비 400원을 챙겨 들고 미술 교실에 가곤 했다. 그런데 그날은 오후 5시가 넘었는데도 예진이 돌아오지 않았다. 부랴부랴 미술치료 선생님에게 전화를 걸었더니, 오늘은 예진이 미술 교실에 오지 않았다고 했다.

당혹스러운 마음이 더 커졌다. 우리는 초조하게 기다리다가 저녁 7시가 넘어서야 경찰에 미아 신고를 했다. 경찰은 딸의 사진을 가지고 돌아갔다. 문득 전날 구역예배 때 전했던 말씀 한 대목이 떠올랐다.

'아무것도 염려하지 말고 다만 모든 일에 기도와 간구로 너희 구할 것을 감사함으로 하나님께 아뢰라 그리하면 모든 지각에 뛰어난 하나님의 평강이 그리스도 예수 안에서 너희 마음과 생각을 지키시리라'(빌립보서 4장 6~7절)

나는 아주 간절하게 하나님께 기도드렸다. 하지만 예진의 소식은 여전히 없고, 시간은 어느덧 밤 9시가 넘었다. '아버지, 염려하지 말라고 하셔서 염려는 안 하지만 내일이 주일이라, 우리 예진이 주일예배를 드리지 못할까 봐 걱정돼요.'

예진 역시 갓난아기 때부터 주일을 지키지 못한 적이 없는 아이였다. 그렇게 간절히 기도드린 직후 전화가 걸려 왔다. 쌍문동 거리에 큰 미술 가방을 들고 혼자서 밤길을 걷는 우리 아이를 데이트하던 연인이 발견했다고. 우리 애에게 자초지종을 물은 뒤 조금 전에 의정부행 13번 버스에 태워 보냈다고 했다. 할렐루야!

딸 예진은 무사히 집으로 돌아왔다. 아이는 학교가 끝나고 12번 버스를 타고 미술을 배우러 가던 중에 깜박 잠이 들어서 내리는 곳을 지나쳤단다. 그래서 그냥 서울 정릉에 살고 있던 이모를 찾아가서 집으로 데려다 달라고 하려고 길음동에서 내렸단다, 8번 버스를 탔는데, 그 버스는 국민대학 쪽으로 안 가고 혜화동 쪽으로 가는 버스였던 것 같았다. 아마도 삼선교 버스정거장쯤에서 내려서 12번 버스가 지나가는 것을 보고, 의정부 방향으로 계속 걷던 중이었던 것 같았다. 걸어오는 길엔 경찰서가 보이지 않았다고. 우리 부부는 13번 버스에서 내리는 딸을 무등을 태워 오면서 감사만 연발 외쳤다.

하나님, 감사합니다.

공평하신 하나님

어릴 적에 충격적인 일을 겪고 모진 고생을 하며 자란 나에게 우리 아버지 하나님은 내가 주 예수님을 영접한 후로는 정말 복된 삶을 누리며 살게 해 주셨다. 좋은 직장, 좋은 교회, 좋은 남편, 좋은 자녀를 허락해 주셨고, 좋은 지인들과 좋은 시부모님을 만나게 해 주셨다.

시부모님은 우리가 결혼 35년을 넘길 즈음인 80 중반에 평안하게 소천하셨다. 살아 계실 동안 크게 병원 신세를 진 적도 없었다. 아버님이 먼저 돌아가시고 이어 어머님이 돌아가셨다. 우리 내외뿐만 아니라, 우리 자녀도 건강하게 지내고 있음은 모두가 우리 하나님의 은혜임을 고백하지 않을 수가 없다. 병원에 가져다줄 돈이 없음을 우리 주님께서 너무나 잘 알고 계셨기 때문이라 믿는다. 나는 모든 상황을 있는 그대로 우리 주님께 말씀드린다. 그러면 우리 주님께서 내 마음을 받아주시고, 내가 기도하고 믿는 대로 입술로 시인한대로 이루어 주셨다.

시아버님이 돌아가시던 날은 마침 교회에서 김장하는 날이었다. 시댁에 김치를 보내드렸더니, 우리 며느리가 김장을 보내 주었다며 마냥 좋아하셨다고 한다. 저녁에 강아지와 산책도 하고 어머님의 심부름으로 달걀도 사 오셨다는데, 그 밤에 심장마비로 조용히 잠드셨다. 82세의 일기로. 그리고 2년 뒤 시어머님도 소천하셨다. 우리 부부는 은혜 가운데 두 분의 장례를 마치게 되었다.

돌아보면 어린 시절 내가 너무나 큰 충격과 시련을 겪었기에, 우리 하나님께서 나의 노후의 삶은 평안하게 인도해 주시는 것 같다. 이제 나에게 남은 일은 사랑하는 딸 예진이 좋은 짝을 만나 복된 가정을 꾸릴 수 있게 도와주는 것이다. 지난 68년 동안 부족한 나를 행복의 길로 이끌어 주신 우리 하나님께서 딸의 결혼도 아름답게 이루어주실 줄 믿는다. 하여 나는 기쁨으로 오늘 나의 할 일에 최선을 다하려 한다. 나는 복음성가 중에 '하나님 한 번도 나를 실망시킨 적 없으시고~~'라는 가사로 시작되는 이 찬양을 무척 좋아한다. 하나님께 이 찬양을 올려드릴 때면, 감사의 눈물이 폭포수처럼 흐른다.

나를 홀로 두지 않으시는 고마우신 하나님! 사랑합니다.

새내기 구역교사

26세 아가씨였던 나에게 구역교사 직분이 주어졌다. 금요일 밤에 예배드리는 구역이다. 직장 퇴근 후 얼마든지 섬길 수가 있어서 기쁨으로 순종했다. 군에 있는 내 짝꿍도 환영했다. 잘할 것이라며 하나님의 말씀을 보내주며 나를 격려해 주었다. '누구든지 네 연소함을 업신여기지 못하게 하고 오직 말과 행실과 사랑과 믿음과 정절에 있어서 믿는 자에게 본이 되어'(디모데전서 4:12). 어린 나이에 이렇게 담대하게 어른들 앞에서 설 수 있었던 데에는 중학생 때 생활반장과 고등학교 3년 동안 반장을 맡았던 것이 토대가 된 것 같다. 교회 어른들은 그런 나에게 '하나님께서 특별히 가르치는 은사를 주신 것 같다'고 하셨다. 고2 때부터 학생부 교사로 시작해서 현재도 구역 강사로 섬기고 있다.

주옥같은 하나님의 말씀을 전할 때면 힘이 저절로 생긴다. 어디서 그런 용기가 나는지, 나는 권사님과 집사님 그리고 성도님들을 모시고 다니면서 저녁 구역을 인도했다. 어느 해엔

3개의 구역을 맡아서 구역 공과 말씀을 인도했다. 그러다 보니 구역을 섬기는 노하우도 나름 생겼다.

형편이 어려운 가정에서 예배를 드릴 때에는 하루 전날 과일과 빵을 미리 사다 드린다. 그 성도님이 구역예배가 부담스럽지 않게 하기 위함이다. 또 구역예배를 드리는 것이 얼마나 복되고 행복한 일인가를 느낄 수 있도록 구역예배에서 전하는 말씀에 최선을 다하는 것이다. 또 하나 팁을 소개한다면, 구역예배에 정성을 다하는 것이다. 예배에 참석한 성도들에게 감동을 주는 것이다. 진심은 모두 통하게 되어 있다.

지금까지 함께 구역예배를 드렸던 모든 분을 주님의 이름으로 사랑합니다.

8장

은혜와 섭리(간증의 기록)

내 이름은 홍성애입니다
짧은 서사
한랭 두드러기
사랑 전도
신구약 성경 필사
우렁각시
둘째 손주를 허락해 주심
2022년 10월 31일
원피스 8벌
사랑 천사
모교회와 이별하다

내 이름은 홍성애입니다

지금 이 순간은 말할 것도 없고 지난 60여 년 동안 저를 무척이나 사랑해 주시고, 보호해 주시고, 범사에 늘 함께 해 주신 내 인생 최고의 보물이시며 최고의 선물이신 우리 아버지 하나님을 소개하겠습니다.

저는 5세 손녀를 돌보는 아주 아주 행복한 65세 할머니이자 작은 교회를 기쁨으로 섬기고 있는 홍성애 사모입니다.

제가 세상에 태어나서 지금까지 마음껏 누렸던 공평하신 우리 하나님의 은혜가 너무도 많아서, 혼자만 알고 있기엔 너무 아까워서 다른 분들과 함께 은혜를 나누고 싶었답니다. 그래서 이 행복한 선물 보따리를 아주 자세하게 펼쳐 보고자 합니다.

저의 이 간증을 통하여 여러분들도 우리 인생의 구주 되시는 예수님을 일상의 삶 속에 깊이 모셔 들임으로써, 그분의 풍성한 사랑을 누리며 살아가시길 소망합니다. 그래서 여러분의 모든 삶 가운데 행복과 기쁨과 감사가 날마다 넘쳐나시길 간절히 기원합니다.

짧은 서사

지금부터 저의 이야기를 시작해 보겠습니다.

저는 5세가 될 때까지 5남매 중 막내로서 가족의 사랑을 듬뿍 받으며 아주 행복한 아동기를 보냈답니다. 1960년대 시절인데도 우리 집은 가족 외식도 자주 다녔고, 가족목욕탕도 자주 갔습니다. 온 식구가 한 목욕탕에서 즐겁게 목욕하던 어릴 적 기억이 또렷이 남아 있습니다. 온 가족이 서로 사랑하며 매우 행복한 삶을 살던 복된 가정이었습니다. 친척들도 부러워할 정도였으니까요. 그 당시 저는 병원을 얼마나 자주 다녔는지 제 엉덩이는 늘 주사 맞은 자국이 가득했답니다.

우리 가족은 의료보험이라는 단어가 생기기 이전부터 병원비 걱정이 없을 만큼 풍족하게 살았습니다. 저뿐 아니라 우리 5남매가 모두 그렇게 건강하게 지냈습니다. 제가 65세가 된 지금까지 두 자녀를 낳으러 산부인과에 다녀온 것 외에 병원 치례 하지 않고 건강하게 지내는 것은 아마도 어렸을 때 병원을 자주 다닌 덕분이 아닌가 생각할 정도랍니다. 또 어릴 땐 병원에 다녀온 날은 초콜릿이나 바나나로 보상받았습니다. 간식은커녕 끼니를 거르는 집이 비일비재하던 시절에 단것을 많이 먹은 탓에 충치로 인한 고생도 많이 했습니다. 언니 오빠들은 엄마의 특별한 사랑을 듬뿍 받으며 학교에 다녔습니다.

제 나이 다섯 살 되던 해에 큰언니와 함께 엄마랑 광나루에 소풍을 갔습니다. 그런데 엄마는 그곳에서 그만 사고로 돌아가셨습니다. 그때 큰언니가 저와 함께 가지 않았다면 저는 고아가 될 뻔했습니다.

돌이켜 생각해 보면 하나님이 저를 고아로 버려두지 않으시려고 큰언니를 함께 보내 주신 것 같습니다. 엄마의 차가운 주검을 그곳에 두고 저희 자매는 집으로 돌아왔습니다. 집으로 돌아온 제가 본 우리 아버지는 넋이 나간 사람 같았습니다. 퇴근할 때마다 무언가를 사 들고 오시던 아버지는 봉지를 떨어뜨려 깨진 과일이 마당에 나뒹굴었습니다. 그리고 아버지는 맥없이 땅바닥에 쓰러지듯 주저앉았습니다.

엄마가 돌아가신 후 주위 사람들은 끝없이 울어대는 저에게 '네가 너무 많이 울어서 엄마를 잡아먹었다.'고 했습니다. 이제는 하염없이 우는 저를 달래줄 사람이 없었습니다. 사랑받는 막내딸이던 저는 하루아침에 천덕꾸러기 아이가 된 것입니다. 어린아이가 울 때, 달래줄 엄마가 없다는 현실은 그렇게도 매정한 것입니다. 아이가 울어서 엄마가 죽었다니, 이 얼마나 모질고 아픈 말인지요.

제가 지금 돌보고 있는 우리 손녀가 다섯 살입니다. 엄마 아빠의 사랑을 마음껏 누리는 우리 손녀를 보며 지난날 저의 5세 때를 떠올리곤 합니다. 엄마의 부재가 가져온 무서운 변화를. 그 외로운 성장기를.

아버지는 서둘러 재혼했습니다. 이모할머니가 자식을 못 낳아서 첫 번째 결혼에 실패한 여인을 중매했습니다. 이모할머니는 새엄마에게 우리 불쌍한 5남매를 잘 키워달라고 신신당부했다고 합니다. 그런데 새엄마는 우리 집으로 오자마자 바로 임신을 했습니다. 물론 처음엔 우리 5남매를 잘 돌보셨습니다. 그러나 동생 둘이 연이어 태어나자, 새엄마는 우리 5남매를 자주 굶기거나 구박하고 학교도 보내지 않았습니다. 그리고는 우리 5남매 모두를 차례차례 내쫓고, 아버지와 새엄마 그리고 동생 둘, 이렇게 4식구만 한 가족으로 살았습니다.

새엄마는 우리 5남매와 살 때 우리가 살면서 한 번도 들어보지 못한 온갖 욕설을 매일매일 퍼부었습니다. 새엄마는 평상시에 늘 입버릇처럼 소리 나지 않는 총이 있다면 우리 5남매를 모두 죽이고 싶다고 했습니다. 결국은 막내였던 나마

저 열 살 되던 해에 남의집살이를 하러 가게 되었습니다. 그 때부터 10세짜리 저는 9식구가 사는 가정에서 가정부로 일하게 되었던 것입니다. 새벽에 일어나서 밥하고, 점심에는 도시락을 싸서 근처에 있는 사촌언니 오빠의 학교로 배달을 갔습니다. 내 또래의 친구들은 모두 학교에서 공부하고 뛰노는데, 저는 사촌들에게 도시락을 배달해 주면서 부러워해야만 했습니다.

그래도 저는 그 고달픈 삶이 너무너무 좋았습니다. 새엄마와 살 때는 하루 한 끼니만 간신히 얻어먹었습니다. 그 한 끼마저도 새엄마의 눈치를 보며 먹어야 했으며, 추운 냉방에서 매일 혼자서 고픈 배를 움켜쥐고 우는 것이 저의 생활이었으니까요.

새엄마는 내가 작은언니랑 함께 집에 남아 있을 때 혹시라도 배가 고픈 우리 자매가 밥을 지어 먹지 못하게 하려고 쌀독에 손자국을 내놓고 외출했습니다. 그리고 저녁에 돌아와서는 쌀독을 확인하곤 했습니다. 형제들이 하나둘 뿔뿔이 흩어지기 시작했습니다. 이윽고 유일하게 의지하던 작은언니마저 떠나고, 저 혼자 남아 있을 때, 큰오빠가 찾아와서 책을 사주고 갔습니다. 지금도 그 책을 잊지 않고 있는데, 제목은 바로《하늘을 나는 목마》였습니다. 그 책이 저에게 큰 위로가 되었습니다.

아버지와 새엄마 두 동생은 매일 아침에 나갔다가 밤에 돌아왔는데, 모두가 저녁을 먹고 집으로 돌아왔습니다. 혼자 집에 남은 저는 종일 쫄쫄 굶은 채 저녁도 못 먹고 잠을 잤습니다. 어쩌다 주인집 할머니가 저녁을 챙겨 주신 날은 그야말로 잔칫날 같았습니다.

아버지 손을 잡고 집을 떠나던 날, 저는 너무너무 좋았습니다. 이제는 배고프지도 않아도 되고 추운 방에서 혼자 떨다가 잠들지 않아도 될 것 같아서 신나게 아버지를 따라나섰습니다. 10세 어린 나이에 식모살이를 가는 것을 좋아하다니 돌이켜 생각해도 가슴 아픈 일이지요.

새어머니는 몇 년 전에 94세로 돌아가셨습니다. 돌아가시기 전, 어느 날 동생들로부터 요양병원에 있는 새어머니 때문에 물질적으로 어려움을 겪고 있다는 이야기를 듣게 되었습니다. 저는 용기를 내서 요양병원을 방문했습니다. 노쇠한 새어머니는 팔과 다리를 펴지 못하고 옆으로 누워 있었습니다. 그 모습이 어찌나 가엾던지, 마음이 아팠습니다. 저는 새어머니의 손을 잡고 우리 아버지가 구원받고 돌아가셔서 행복하게 계시는 천국을 소개하고 예수님을 영접하라고 복음을 전했습니다. 평생을 굿하며 점치고 살았던 새어머니도 아버지가 계신 천국에 가고 싶다고 말했습니다.

집으로 돌아온 저는 우리 형제들에게 새어머니의 근황을 전했습니다. 소식을 접하고 첫 번째로 큰언니 내외분이 요양 병원을 방문했습니다. 그때 새어머니는 큰언니에게 미안하다고 그동안 잘못했노라고 사과를 했답니다.

우리 5남매의 삶을 아는 사람들은 한결같이 우리 아버지를 손가락질했습니다. 어떻게 친아버지가 자기 자식들을 그렇게 외면할 수 있느냐 이구동성으로 탓했지만, 우리 형제들은 아무도 아버지를 미워하거나 원망하지 않았습니다. 왜냐면 평소 우리에게 항상 다정한 아버지였거든요. 거친 말씀 한번 안 하시고 매를 든 적도 없는 인자한 분이었습니다. 항상 웃으며 자식을 돌보시고 함께 놀아주던 아버지였습니다. 착하고 선한 아버지가 독한 새어머니를 만나서 고생하는 모습을 보며, 우리 형제들은 오히려 아버지를 불쌍하게 여기며 걱정했습니다.

저희 형제들이 어려운 가운데서도 그나마 잘 자랄 수 있던 것은 비록 짧은 기간이나마 좋으신 부모님의 사랑을 충분히 받았기 때문이고, 일찍이 부모 곁을 떠나 고아와 같은 처지인 나와 형제들을 예수님이 대신하여 부모가 되어 주신 덕분이라고 믿습니다. 오늘의 나됨은 주님의 크신 사랑과 은혜 덕분임을 힘주어 고백하지 않을 수 없습니다. 여러분의 앞날에 그리고 가정과 일터에 하나님의 가호와 은총이 영원하시길 빕니다.

- 2022년, 가능중앙교회 성도와 지인들에게 보낸 간증 서신 전문 -

한랭 두드러기

저는 68세의 여성입니다. 그런데 약 10년 전부터 한랭 두드러기를 경험하고 있습니다. 따뜻한 곳에서 추운 곳으로, 혹은 추운 곳에서 따뜻한 곳으로 들어가면 온몸에 두드러기가 나기 시작합니다. 처음 발병했을 때는 음식을 잘못 먹어서 두드러기가 생긴 줄 알았습니다. 그러나 차츰 시간이 지나면서 이러한 증상이 한랭 두드러기라는 것을 알게 되었습니다. 두드러기 증세와 거의 10년을 씨름하다 보니, 이젠 예방법도 알게 되고 발병 시에는 즉각 대처할 수 있는 상식도 갖게 되었습니다.

또 2022년 겨울에는 원인을 알 수 없는 어지럼증 때문에 고생을 좀 했습니다. 솔직히 겁도 났습니다. 까닭인즉 춥다고 외출을 기피하게 되면서 활동량이 줄어들자, 비만으로 인한 혈압상승을 초래했기 때문이었습니다. 병원의 치료를 받고 어지럼증에서 해방되었습니다. 그런데 이번엔 무릎 관절염이 찾아왔습니다. 정형외과에 다녀 봤지만, 약 먹는 것 외에는 별다른 효과가 없었습니다. 그러던 중 이제는 한밤에 팔이 저리고 손등이 마비되는 증세가 나타났습니다. 어느 날엔 다리 통증으로 인하여 고통스러웠습니다. 그때 이런 생각이 들었습니다.

'아 이렇게 아프니까, 사람들이 죽고 싶은 생각을 하는 거구나.'

나이가 드니까 자꾸 여기저기 아픈 증상이 나타나는 것입니다. 하루는 여기 아파서 병원 가고, 또 저기 아파서 걱정하고 근심하는 제가 초라하게 여겨지면서 딱하다는 생각까지 들었습니다. 내가 살아도 주를 위해 살고 죽어도 주를 위해 살겠다는 하나님의 자녀인데 말입니다. 깜박 속아서 이까짓 것 가지고 벌벌 떨었던 게 너무나 부끄러웠습니다. 그래서 크게 선포했습니다.

"병마야, 네까짓 것이 감히 나를 넘어뜨리려고? 어림없는 소리."

나는 이제부터 너에게 끌려다니지 않고 더 열심히 주의 일을 해야겠다고 선언했습니다. 죽이시는 분도 하나님이시고 살리시는 분도 우리 하나님이시니, 하나님이 기뻐하고 좋아하시는 일을 더 많이 해야겠다고 마음먹었습니다. 그 후부턴 힘내어 순종하며 살고 있습니다.

놀라운 사실은 그 후부터 제가 더 활기차고 기쁘게 살고 있다는 것입니다. 병마에 끌려 다니는 것이 아니라, 오히려 내가 언제 여기저기 아픈 사람이었나 의심이 들 정도로 오히려 더 씩씩하게 잘 지내게 되었습니다.

오늘 제 간증으로 큰 은혜를 받으시기를 기도드립니다. 그렇습니다. 생명은 오직 주께 있는 것입니다. 아무쪼록 치유의 은혜가 넘치시기를 바라면서 여러분을 축복합니다.

사탕 전도

66세 생일이 지나면서 나에게 매달 보너스가 생겼습니다. 만 65세 이상의 노인에게 주는 기초연금을 받게 되었습니다. 너무 신나고 행복한 일이었습니다. 연금은 물론이요 보험이나 적금통장 하나 없는 저에게 노후 생활비는 꼭 필요한 것이었지만, 저에게는 노령연금이 하나님이 주신 선물 같았습니다. 어떻게 사용할까 고민한 끝에 결국 나눔 통장으로 쓰기로 하였습니다. 여러 일이 생각나서 즉시로 실행에 옮겼습니다.

첫째는 사탕전도 전단지를 만들어서 일주일에 한 번씩 제가 만나는 이웃에게 나누어 주는 것이었습니다. 예전에도 사탕전도를 교회에서 2, 3년 동안 하면서 드린 적이 있었는데, 이번에는 개인적으로 맛있는 사탕을 조금 넉넉히 준비해서 나누었습니다.

저에게 이런 생각을 하게 한 사건이 하나 있습니다. 우리 교회 권사님 한 분이 몸소 서울 동대문시장에서 실을 구매하여 수세미를 짜고 전도지에 넣어 나누는 일을 하는 것을 알게 된 것입니다. 그 일이 얼마나 고귀하게 여겨지던지, 저는 크게 감동했습니다. 그래서 저도 개인적으로 사탕 전도를 시작하게 된 것입니다. 저는 이 일을 할 때마다 매번 기쁘고 신이 납니다. 너무나 감사하고 재미있고 행복합니다. 전도용지와 맛있는 사탕을 골고루 담아서 그날그날 만나는 분들에게 나누어 드렸습니다. 특별히 어르신들이 계신 곳을 찾아다녔습니다. 사탕 전도용지를 전하는 저보다 전도용지를 받으시는 분들이 오히려 저에게 고맙다며 더 좋아하셨습니다.

제가 평상시 무척 좋아하는 친구 사모님이 저희 가정에 선물을 담아주신 가방이 멋지고 예뻐서 저는 그 사모님에게 양해를 구하고 사탕 전도 가방으로 잘 쓰고 있습니다. 예쁜 가방을 주신 사모님, 감사합니다.

제가 사탕을 나누어 주는 데는 두 가지의 뜻이 있습니다. 첫째는 우리 주님이 가르쳐 주신 대로 이웃을 진심으로 대하는 사랑의 실천이고, 둘째는 교회의 이미지를 일반 사람들이 좋게 여겨 주기를 바라는 마음으로 행한 것입니다. 그래서 맛있는 사탕으로 구성해서 나누기를 실천했습니다. 제가 사탕 전도용지를 나누는 일은 교회에서는 아무도 모릅니다. 물론 우리 가족은 알고 있으나, 저 혼자 준비해서 나누는 즐거운 일입니다. 작은 실천이지만 암만 생각해도 탁월한 선택을 한 것 같습니다.

저의 얘기를 듣고 친구 사모님은 사탕 전도에 쓰라고 금일봉을 주셨고, 또 저의 언니는 사탕을 보내왔습니다. 너무나도 귀하고 감사한 일이었습니다. 이렇게 기쁘고 감사한 중에도 제가 꼭 명심하고 재차 다짐하고 다짐하는 일이 하나 있습니다. 내 것으로 남을 섬기고 나누다 보면, 보이지 않게 우리의 대적 교만이 슬며시 들어와서 나누며 섬긴 그 사람들을 보이지 않게 무시하는 못된 마음이 나를 지배한다는 사실입니다. 나는 그러지 않으려 해도 주위에서 또 보이지 않는 깊숙한 내면에서 그 교만이 꿈틀거리고 있는 것입니다. 사탕 전도용지를 다 나누어 드리고 나면, 저는 바로 우리 아버지 하나님께 감사기도를 올립니다.

"아버지. 오늘도 기쁨으로 다 나누어 드리게 해 주셔서 감사해요."

교만. 이 무서운 적만 잘 관리한다면, 정말 멋지게 주님께서 써주실 것이라 확실히 믿습니다. 앞으로도 제가 이 문제를 잘 감당할 수 있도록 여러분께서 기도해 주셔요.

신구약 성경 필사

코로나로 인해 성도님들이 교회로 예배드리러 오는 것에 사회적인 제약이 많았습니다.

우리 가능중앙교회에서는 신구약 성경 필사를 시작했습니다. 목사님이 필사 독려를 위해 광고하기를 '신약성경과 구약성경 필사를 완성한 분에게 기념패 증정과 함께 맛있는 식사를 섬겨주겠다'고 했습니다. 그때 저는 식사 섬김을 교회에서 담당하지 않도록 하고, 제가 개인적으로 섬김을 하고 싶다고 재빨리 자원했습니다.

그 날 이후부터 저는 목사님과 성경 필사를 마친 분들을 모시고 맛집 투어를 시작했습니다. 청학리의 꽃이 예쁜 쌈밥집, 거대한 홀을 자랑하는 포천의 동이손만두집, 맛으로 승부하는 고산갈비탕집, 유명 수제햄버거, 맛깔 나는 유기농 한식뷔페, 양주의 풍성한 생선구이 등 그분들을 얼른 섬겨드리고 싶어서 신약 필사만 끝을 내도 맛있는 식당을 찾아내서 대접했습니다.

저는 그 시간이 너무나 즐겁고 행복했습니다. 물론 식사 후에는 2차로 차를 나누는 시간도 예정되어 있었습니다. 덕분에 멋진 카페들도 여러 곳 들르게 되었습니다. 성경 필사는 젊은 세대보다 어르신들이 더 많이 참석했습니다.

즐거운 식사 섬김은 현재도 여전히 진행 중입니다. 성도님들에게 늘 섬김을 받아 온 저는 섬김의 기회를 어떻게 마련할까 하는 고민을 늘 해왔습니다. 그런데 뜻밖에도 성경 필사를 계기로 나의 바람을 이루게 된 것입니다.

이렇게 기쁨으로 성도님들을 섬길 수 있게 해준 가장 큰 공로자(?)는 노령연금입니다. 다달이 노령연금을 받아 그 돈으로 사탕 전도와 식사 섬김을 할 수 있어 뿌듯하고 행복합니다. 대한민국에서 태어난 것 또한 감사하고 자랑스럽습니다.

우렁각시

우리 가정의 우렁각시 여러분.

지난 28년간 목양하는 동안 우리 주님께서 수많은 손길을 우리 가정에 허락해 주셨습니다. 철마다 귀한 제철 과일은 물론 봄에는 각종 나물로, 가을에는 농사지은 햅쌀로, 절기 때에는 건강식품과 고급 선물로, 몸이 부실해졌을 때는 고기와 생선으로…. 우리가 사 먹을 형편이 안 되는 것을 아시고 우리 성도님들을 통해서 지난 28년 동안 일용할 양식과 모든 필요들을 때마다 일마다 공급해 주셨습니다.

사계절 사용하는 고급 김치냉장고와 따뜻한 겨울 코트, 시원한 여름 블라우스와 바지, 예쁜 속옷, 값비싼 냉온 정수기, 앙드레김 그림이 그려진 명품에어컨 심지어 우리 내외가 사시사철 입는 잠옷까지. 우리는 교회 안의 15평 사택에서 살고 있었는데, 완전 5성급 호텔에서 사는 것 같이 누리며 행복했습니다.

지금은 연세가 많으셔서 자녀의 집으로 가신 권사님께서

는 수요기도회를 드리고 나면, 항상 맛있는 점심을 자주 대접해 주셨습니다. 또 어떤 분은 우리 아이들 용돈도 챙겨 주시고, 하여튼 기회만 있으면 서로서로 아무도 모르게 이름 없이 소리 소문도 없이 많은 성도님들이 가장 귀하고 좋은 것들로 우렁각시처럼 지난 28년 동안 저희 가정을 섬겨 주셨습니다.

더 감사한 것은 그동안 함께 사역했던 부교역자 내외가 저희 내외를 서울 남산타워의 360도 회전하는 멋진 식당에서 고급식사 대접과 관광 안내를 해 주시고, 서울 장안의 유명한 특급 요리도 자주 사 주었답니다.

또 거의 40년을 함께한 친한 동역자 가정에서는 유명한 호텔 뷔페도 여러 번 데려가 주셨고, 또 가정에서 필요한 좋은 가전을 선물로 주시는 등 기회가 될 때마다 기쁨으로 섬겨 주셨습니다. 더욱 더 감사한 것은 고향 제주도로 내려가신 집사님이 계절마다 제주도 특산품을 보내주시고, 심지어 1년에 한 번씩 이곳 의정부의 교회로 찾아오셔서 부부가 함께 예배도 드리고, 우리 부부에게 용돈과 맛있는 음식으로 섬겨 주셨습니다. 정말 하나님의 은혜가 아니고서는 이런 과분한 사랑은 설명이 되질 않습니다.

처음 사택으로 이사 오던 날, 우리는 이사비용 35만 원이 없어서 빌려서 이사했습니다. 청빙된 목양지에서 첫 사례비로 일백만 원을 받았는데, 남편 목사님은 첫 예물이니만큼 하나님께 드려야 한다며 몽땅 다 드렸습니다. 그리고는 돈을 다시 신협에서 빌려다가 첫 열매인 사례비의 십일조와 감사, 선교, 건축 중식 헌금을 드리며 첫 목양을 시작했습니다.

그때는 물론 지금도 저희는 재산이 하나도 없습니다. 은퇴하게 될 때 교회 형편에 따라 퇴직금을 주시면, 그것이 우리의 노후자금이 될 것입니다. 그러나 우리 내외는 걱정하지 않습니다. 28년 전에 무일푼으로 부임했지만, 지금까지 최고의 것으로 입히시고 먹이시고 늘 함께 해 주신 그분, 우리 주님이 계시기에 평안하고 감사하고 기쁘게 살고 있습니다. 이 모든 은혜는 주님께서 우리 가정에 베풀어 주신 선물입니다. 앞으로도 여전히 우리에게 일용할 양식을 주실 걸 믿습니다.

지금까지 우리 가정을 섬겨 주신 우렁각시 여러분 모두를 사랑합니다.

둘째 손주를 허락해 주심

부활절 예배를 드리고 난 후 다음 날 새벽에 복된 손자가 선물처럼 왔습니다. 아들 가정이 결혼 7년 차에 둘째를 가지게 된 것입니다. 아들이 둘째를 가지려고 노력했는데, 5년 만에 임신했지만 바로 그다음 주에 유산하고 그 후 2년이 지나서 거의 포기상태였습니다. 그런데 뜻밖의 선물을 받게 된 것입니다.

저는 지금까지 평생을 신앙생활 하면서 우리 아버지 하나님께 불평을 한 번도 해 본 적이 없습니다. 남들은 손주가 많은데 왜 나는 한 명밖에 없을까. 하지만 그냥 별스럽지 않게 생각하며 현재를 감사하며 지냈습니다.

그런데 갑자기 둘째를 허락해 주시니, 저는 이루 말할 수 없이 기뻤습니다. 우리 하나님께 감사했습니다. 그래서 또 다른 기도 제목에도 확신이 생겼습니다. 그건 바로 딸의 결혼입니다. 딸도 주님이 허락하시는 때가 되면, 우리 애에게 꼭 맞는 사위를 주시겠구나 하는 믿음이 생겼습니다. 언제나 최상

의 것으로 저에게 주시기를 기뻐하시는 우리 아버지 하나님
께서 여전히 나와 함께하심을 체험하는 좋은 기회였습니다.

둘째는 손자였습니다. 첫째 손녀를 돌본 것처럼 기도하면서
둘째 손자도 정성스럽게 잘 돌봐서 우리 내외가 아들 가정에
힘을 보태 주려고 합니다.

우리 아버지 하나님. 역시 최고십니다. 영광을 올려 드려요.

2022년 10월 31일

2022년 10월 31일, 종교개혁 주일에 놀라운 일이 일어났습니다. 계속해서 거의 10여 년을 남편구원을 위해 기도하시던 권사님께서 부군과 함께 예배드리러 오신 것입니다. 그뿐만이 아니라, 처음 교회에 나오신 그 권사님 남편이 교회에 출석한 첫 주일부터 25년 된 교회에 꼭 필요한 영상장비를 모두 새것으로 바꾸어 주셨습니다. 할렐루야!

하나님은 그분을 통해서 놀랍게 일하셨습니다. 너무나 감사한 것은 새 신자인 그 성도님이 매주 토요일에 주일을 위한 예배당 본당의 청소에 동참해서 열심히 헌신하고 있는 것입니다. 저는 그분의 가정이 정말 기대됩니다. 그분을 통해서 주님께서 얼마나 멋지게 주의 선한 일들을 펼쳐 가실지, 매우 궁금합니다.

2023년 가을 추수감사절에 그분은 우리교회 학습 교인이 되었습니다. 올해 2024년 부활절에는 세례를 받았습니다.

우리 권사님의 부군께서는 교회 성물을 드리는 은사를 받으신 것 같습니다. 2024년 세례를 받으신 후에는 교육관에 요즘 유행하는 카페에서나 볼 수 있는 천장 에어컨을 2대나 설치해 주시고, 또 본당에는 멋진 대형 냉온풍기를 헌물해 주셨답니다.

우리에게 주신 은사대로 쓰시는 아버지 하나님. 멋시십니다.

원피스 8벌

    코로나 팬데믹 때문에 지난 3년간 우리는 너무 불편하고 생활이 자유롭지 못한 삶을 살아왔습니다. 지인은 물론 가까운 식구들까지도 마음대로 만나지도 못하고 모이지도 못했습니다. 평생을 드려왔던 주일예배도 드리지 못하는 안타까운 시간을 보내야 했습니다. 코로나가 좀 완화되면서 본의 아니게 제가 주일예배 때마다 안내를 담당하게 되었습니다. 평소에는 안내를 담당하는 권사님들이 계셨고, 교회 정문에는 늘 장로님들이 안내를 담당해 주셨습니다.

    주일예배 안내를 하고 있는 저의 복장이 변변치 않은 것을 안타깝게 보셨는지, 무명의 권사님께서 저에게 여러 벌의 원피스를 선물해 주셨습니다. 봄가을 원피스는 물론 여름 원피스와 겨울 원피스까지. 지난 3년간 계절마다 선물 받은 원피스가 8벌이나 됩니다. 저는 그 예쁜 원피스들을 입으면서 주일예배 안내를 행복하게 감당할 수 있었습니다.

    코로나 이후에도 그 무명의 권사님은 아주 예쁘고 멋진 심방 가방과 따뜻한 밍크 조끼도 선물해 주셨습니다. 덕분에 저는 주일마다 우아하게 차려입고 우리 하나님께 예배를 드리러 갈 수 있었습니다. 그렇게 많은 선물로 섬겨 주시고도 그 권사님은 한 번도 생색내지 않으시고, 저를 보면 은밀히 예쁘다고 하면서 엄지 척을 하신답니다. 마치 엄마가 딸에게 예쁜 옷을 입히고 흡족해하는 것처럼, 그렇게 기뻐하셨지요.

제가 처음으로 목사님을 따라서 다른 교회에 간증하러 갈 때도 그 권사님이 세련된 원피스를 선물해 주셔서, 멋지게 입고 간증 집회를 은혜롭게 마칠 수 있었습니다. 늘 세심하게 챙겨 주시는 권사님께선 사실 부자가 아닙니다. 그렇다고 특별한 직업이 있는 분도 아닙니다. 멀리 지방에 있는 자녀를 돕기 위해 동분서주하며 손주들을 돌보고 받은 용돈으로 저를 섬겨 주신 것입니다.

우리 아버지 하나님은 잘 알고 계십니다. 제가 할 수 있는 일은 그 권사님을 우리 주님께 말씀드리는 것뿐입니다. 주님 아시지요?

항상 귀하게 저를 섬겨 주신 우리 권사님을 축복합니다. 우리 아버지 하나님께서 반드시 그 권사님에게 큰 은혜와 사랑으로 보답해 주시고, 권사님 가정에 꼭 필요한 것을 가장 좋은 것으로 넉넉히 내려주실 줄 믿습니다.

권사님, 고맙습니다. 사랑합니다.

사랑 천사

제가 첫아이를 낳은 후 6년 만에 둘째가 하나님의 은혜로 우리에게 선물로 왔습니다. 둘째는 완전 복덩이입니다. 우선 출산휴가부터 달랐습니다. 첫아이는 출산 후 2주 만에 출근했는데, 둘째를 낳자마자 그 달에 이사회에서 출산휴가를 변경, 제가 첫 번째 대상자로서 두 달의 휴가를 받았습니다.

당시로서는 파격적인 조치였습니다. 대기업 직원이나 공무원들만이 누릴 수 있던 휴가 기간이었지요. 그러나 저는 한 달 만에 출근했습니다. 회사가 고맙고, 제가 할 일이 많았기 때문입니다. 또 둘째 덕분에 우리는 단칸방 월세에서 방이 2개 거실과 화장실이 있는 단독주택 2층으로 이사했습니다. 월세가 아닌 전세였습니다. 내가 근무하던 회사도 규모가 점점 커져서 제 월급도 쑥쑥 올라가게 되었습니다.

세월이 한참 흐르고 나라의 경제 사정도 좋아졌습니다. 하지만 우리 딸이 24세 때 영국의 유명한 대학에 합격하고도 유학을 떠나지 못했습니다. 입학금과 한 학기 등록금을 내고도 여러 가지 형편상 못 간 것입니다. 부모로서 딸에게 너무 미안했습니다. 그동안 지인의 도움으로 유학준비를 했는데, 딸은 도저히 갈 수가 없다고 생각했는지 포기하더군요. 비행기 표도 준비했는데 너무 안타까웠습니다. 기회가 된다면 예진이 다시 영국에서 공부할 기회가 열리면 좋겠습니다.

딸은 유학 대신 곧바로 취업을 하여 2년간 직장에서 근무하다가 집으로 돌아왔습니다. 그리고 1년 동안 5급 공무원 시험공부를 시작했습니다. 온종일 공부하면서도 공부하는 것이 힘들지 않고 행복하다고 몇 번이나 얘기했답니다. 다만 한 가지 걱정은 돈이었죠. 딸은 돈 걱정 없이 마음껏 공부하고 싶다고 하더군요. 공무원 1차 시험에서 1점 차이로 안타깝게 떨어지고, 딸아이는 다시 직장에 다니게 되었습니다. 그곳 직장에서 인품이 좋은 여자 과장님을 만나 사랑을 듬뿍 받았다고 합니다. 2년 만에 퇴직하고 집으로 돌아온 딸은 사랑의 아이콘으로 변해 있었습니다.

사랑의 메신저가 된 딸은 저에게 물 붓듯 사랑을 쏟아부어 주었습니다. 예진은 사랑이 많은 분과 근무하면서 엄마인 나에게서 느끼지 못했던 사랑을 듬뿍 받고 와서, 그 충전된 사랑을 나에게 고스란히 퍼부어 주었습니다. '다섯 살에 엄마를 잃어 부모 사랑의 결핍을 안고 살아온' 제가 우리 딸에게 줄 수 없었던 찐 사랑을 그 과장님은 우리 딸에게 무궁무진하게 베풀었던 것입니다.

딸 예진은 매일 내게 사랑한다고 무한대로 표현해 주었습니다. 무엇보다도 저를 예쁘다고, 사랑스럽다고, 귀엽다고 안아 주고 뽀뽀해 주며 저에게 무한대의 사랑을 내어주었습니다, 다시 취업해서 직장에 출근하기 전까지 거의 1년 동안 그 무조건적 사랑을 지속했던 것 같습니다. 사랑이 무한하신 우리 하나님께서 냉랭한 저를 불쌍히 보실 뿐만 아니라 저를 엄청 사랑하셔서, 우리 딸을 사랑의 천사로 보내 주신 것이라고 굳게 믿고 있습니다.

딸에게 충분한 사랑을 받은 저는 참사랑의 근본이신 하나님의 진정한 자녀가 되었습니다. 겉모습은 변함이 없지만, 제 마음이 달라졌습니다. 제가 스스로 깜짝 놀랄 정도랍니다. 예전에는 학습되고 포장된 사랑을 표한 것이었다면, 지금은 찐 사랑이라고 감히 말할 수 있습니다.

딸 예진은 내 자녀이지만 저에게는 진짜 좋은 선생님이며, 사랑이 넘치는 엄마였습니다. 딸은 지금도 부족한 저에게 좋은 멘토가 되어주고 있습니다. 저에게 엄마 같은 딸을 선물로 주신 우리 아버지 하나님께 진심으로 감사와 찬양을 올려드립니다.

우리 아버지 하나님. 최고!

모교회와 이별하다

저희가 신앙생활 하면서 가장 가슴 아팠던 이야기입니다.
32세 때의 일입니다. 우리 교회를 건축할 때 새벽기도회를 마치면, 저는 직장에 출근하기 전까지 등에 벽돌을 메고 옥상으로 옮겼지요. 그렇게 제가 아끼고 사랑했던 우리 모교회를 떠나게 된 사건입니다.

결혼주례를 서 주신 담임목사님은 개인 사정으로 목양을 그만두게 되었습니다. 그 후에 새로운 목사님이 부임했습니다. 그런데 그분은 우리 내외가 교회 성도님들에게 과하다 싶은 사랑을 받는 걸 경계하기 시작했습니다. 그러다가 기어이 저희가 더는 그 교회에 있을 수 없는 일이 생겼습니다. 우리 부부는 성도님이나 그 누구에게도 말하지 않고 모교회를 떠나기로 의견을 나눴습니다. 집 전화번호도 바꿨습니다. 우리가 평신도였다면 그렇게까지 할 필요가 없었겠지만, 주의 길을 가는 사역자였기에 우리가 떠나야겠다고 결정했던 것입니다.

성도님들이 우리를 사랑해 주신 것은 어제오늘의 일이 아니었습니다. 교회설립 초기부터 성도들과 더불어 기쁨과 눈물을 나누며 어려운 과정을 함께 해 온 끈끈하고도 오래된 사랑이었습니다. 그런데 새 담임목사님 내외분은 겨우 신학교 1학년인 전도사 내외를 경계하고 성도님들을 움직여서 우리를 사면초가로 몰았습니다.

그래서 저희는 더는 그 교회에 있을 수 없다는 결론에 이르렀던 것입니다. 우리 내외는 부교역자의 양심으로 우리 때문에 담임목사님의 목회에 지장이 있다고 하니, 우리가 교회를 떠나는 것이 옳다고 생각했던 것입니다. 어디서 오라는 곳도 없었으나, 우리는 최선을 다해 여름 교육행사를 마치고 난 후 조용히 사표를 내고 교회 출석을 멈췄습니다. 저는 담임목사님에게 우리 부부가 교회를 떠나는 마음을 3장의 편지에 자세히 적어 보냈습니다.

이후 전도사가 된 우리 남편은 친구 전도사님 친척의 교회에서 사역하게 되었습니다. 그때 우리가 취한 결정은 지금 생각해도 잘한 것 같습니다.

저는 모교회에서 여전도 회장으로 잘 섬기고 있었습니다. 매달 임원회의를 기쁨으로 참석해서 은혜 가운데 진행했습니다. 활달한 성격의 소유자인 저는 모든 회원과 격의 없이 소통하고 헌신하며 정말 즐겁게 신앙생활을 했습니다. 그런데

6개월여 지난 어느 날 임원 중 한 사람이 조심스럽게 이야기를 전했습니다. 전도사님 내외가 저렇게 열심히 일하는 것은 조만간 성도들을 모두 데리고 나가서 개척하려고 한다는 소문이 돈다고. 그런 이상한 억측을 들었을 때 저는 정말 온몸에서 힘이 빠져나가는 것 같았습니다. 그 소문을 들은 후 저는 아무 일도 할 수가 없었습니다.

그런데 그런 근거 없는 얘기를 퍼트린 사람이 바로 담임목사님 내외분이었던 것입니다. 말로는 표현할 길 없는 참담한 심정이었습니다. 그러나 우리 마음을 우리보다 더 잘 아시는 아버지 하나님께서 다 보고 계셨기에, 우리는 그 힘든 과정을 믿음으로 잘 견뎌 낼 수가 있었습니다.

모교회에 출석할 때의 이야기 한 가지가 더 있습니다. 제가 직장에서 근무하던 때의 일입니다. 사무실로 전화가 걸려왔습니다. 운전면허 시험을 보러 간 제 낭군님에게서 온 전화였습니다. 남편은 떨리는 목소리로 말했습니다

"운전면허 실기시험 중에 사고가 나서 사람은 다치지 않았지만, 사고 수리비용이 24만 원이 나왔어요."

저는 그 이야기를 듣는 순간 아차 했습니다. 아! 그 24만 원.

예전에 섬겼던 모교회에서 건축헌금을 2백만 원을 작정해서 매달 꼬박꼬박 드리고 있었습니다. 그러나 갑자기 교회를

떠나게 되었으므로, 그동안 드리지 못했던 작정 건축헌금 잔액이 76만 원이 남아 있었습니다. 그 당시 저희가 옮겨간 교회도 건축 중이어서 그 교회에 헌금하느라, 저희에겐 여유가 없었습니다.

이후 모교회에서 작정하고 드리지 못한 건축헌금도 준비해서 드리게 되었습니다. 처음에는 그냥 일백만 원을 채워서 드려야겠다고 생각했습니다. 그런데 막상 그 교회에 드리러 갈 때는 저의 마음이 변해서 작정했던 나머지 금액과 꼭 맞는 76만 원만 헌금으로 드렸던 기억이 난 것입니다. 사고 이후에 부랴부랴 다시 건축헌금을 하려니, 본교회는 이미 헌당 예배까지 마친 상태였습니다. 그래서 새삼 모교회에 헌금하는 것이 쑥스러웠습니다. 어떻게 하면 좋을까 하던 차에 마침 기독교방송국이 이사 가기 위해 건축 중인 것을 알게 되었습니다. 그래서 그 방송국 계좌로 건축헌금 24만 원을 송금하고 나서 마무리 지을 수가 있었습니다.

우리 하나님은 제가 마음에 품은 것을 이미 다 알고 계시는 분입니다. 함부로 행동하면 안 된다는 것을 새삼 깨닫게 해준 아주 중요한 일화였습니다.

고운 이웃들

남편 목사의 형제 같은 친구들

남편 곁에는 신학부 목사님 동기들이 여럿 있다. 거의 40년 지기들이다. 너무나 감사한 것은 동기 목사님들이 같은 노회 안에서 함께 각자의 교회를 섬기고 있다는 것이다. 오랜 세월 변치 않고 유대관계를 이어오고 있으니, 너무 감사하다.

처음 만났을 땐 모두 미혼이고 우리만 결혼했었다. 남편은 동기 중에 나이가 위이지만, 자기 의견이나 계획을 일방적으로 주장하지 않는다. 가능한 모든 분을 세워 주고 응원해 주는 편인데, 그래선지 친구 사모님들 사이에서 인기가 짱이다. 섬기고 있는 교회들이 모두 경기도 북부지역에 있으니, 자주 만날 수 있어서 더욱 좋다. 나이가 들면 남자들은 친구가 아내보다 더 좋다고 한다. 멀리 지방도 아니고 목회지가 거의 한 시간 거리 안에 있어 더욱 감사하다.

사모들도 함께 모여 교제를 나눈다. 변함없이 수십 년 동안 서로 배려하며 아낌없이 섬기니, 더없이 감사할 뿐이다. 시간이 흐를수록 끈끈한 사랑은 더해가는 것 같다. 나에게

'홈 사모회' 동역자들이 있다면, 우리 목사님에겐 진짜 형제 같은 친구분들이 있는 것이다. 생명 다하는 날까지 좋은 관계를 유지하다가 천국에 가서도 진한 형제애를 나눌 수 있기를 희망한다.

이렇게 좋은 분들을 동역자들로 허락해 주신 우리 하나님께 감사와 찬양을 올린다. 목사님들, 사모님들, 사랑합니다.

버스에서 만난 예비신자

매월 한 번씩 만나서 함께 기도하는 사모 모임을 마치고 돌아오는 버스 안에서 옆자리에 앉은 분에게 전도하던 중이었다. 그분은 기독교에 대해 좋지 않은 기억이 있었다. 교회 다니던 시어머니가 요양원에서 소천해서 어머니가 다니던 교회에 연락을 드렸더니, 조의금 10만 원을 계좌로 보내고는 아무도 조문하러 오지 않았다고. 교인들이 오실 때를 대비해서 감사예물도 준비해두었는데, 너무 서운했다면서 교회에 거부감을 표했다.

나는 그분의 얘기를 들으면서 너무나 미안하고 죄송스러운 마음이 들었다. 대신 사과드리고 교회에 무슨 사연이 있었을 것이라고 에둘러 변명 아닌 변명을 했다. 이야기를 나누다 보니, 신기하게도 그분과 나는 생일과 나이가 같았다. 그 공통점 때문에 쉬이 전화번호를 주고받을 수 있었다. 그리고 사모 모임에서 선물 받은 것을 그분에게 드렸다. 그 후에도 자주 소식을 묻다가 어느 날 식사에 초대했다. 음식을 대접하면서 우리 기독교에 대한 감정을 눅게 하고 복음을 전하고 싶었다. 결국엔 그분이 시간을 내주어서 오리 백숙을 대접하며 우리 목사님이 그분에게 대신 사과하고 축복기도를 해 주었다. 식사 후 그분은 우리를 멋진 카페로 안내했다.

그런데 얼마 후 새롭게 문을 여는 노인정에서 그 예비신자가 부회장을 맡게 되었다고. 그 건물이 시어머니가 다니던 교회에서 운영하는 곳이어서 이후에 그 교회에 다시 다니게 될 것 같다고 했다. 우리는 그 결정을 축복했다. 그곳에서 어르신들을 섬기면서 모두 교회에 다니시도록 귀한 역할을 잘 감당해달라고 특별히 부탁을 드렸다. 그분은 굉장히 활발하고 섬기는 것을 잘하는 분이었다. 좋은 결과가 있기를 기대하며 기도 중이다.

교회를 쓸고 닦는 아름다운 손길들

매주 토요일 오전 10시가 되면 70세 이상의 남자전도회 회원들이 교회를 청소하러 오신다. 교회 3층 본당과 2층 교육관을 대걸레와 손걸레로 깨끗하게 닦는다.

80세가 넘은 장로님이 제일 먼저 오신다. 그리곤 교회 현관계단부터 교회 앞 큰길까지 깨끗하게 쓸고 닦는다. 오후 4시 30분이 되면 정확하게 남녀 화장실 3개를 청소하러 오는 70 중반의 남자 집사님도 있다. 그 집사님은 가정에서 몸이 불편한 아내를 돌보고 있다. 그 와중에도 교회에 가장 소중한 화장실을 담당한다.

우리 교회의 장점은 연말에 교우들이 자원해서 봉사지원서를 제출하고 본인이 감당할 수 있는 부분을 기쁨으로 감당하며 섬기는 것이다. 강단 청소, 목양실과 유아실 청소, 주방봉사, 꽃꽂이, 분리수거, 방송준비 등 본인이 시간 날 때 언제든지 맡은 일을 담당하고 있다. 주일예배 후에는 쓰레기 정리와 분리수거를 한다. 토요일 오전에는 목사님도 청소기로 본당 구석구석을 청소한다. 거의 모든 성도가 교회를 섬기는 일에 기쁨으로 동참하고 있다.

우리 교회를 방문하는 손님들은 '이 교회는 언제 봐도 청결하다'며 이구동성으로 칭찬을 아끼지 않는다. 이 모든 것이 하나님의 은혜다. 몸 된 교회를 섬기시는 교우 여러분, 모두 사랑하고 축복합니다.

미리 감사 노트

2020년 8월부터 감사 노트를 쓰기 시작했다. 'OH늘빛'이라는 제목으로 유튜브를 시작한 딸의 영상을 통해 10년 동안 써 온 감사 노트를 보게 되었다. 그것을 보고 나도 감사 노트를 마련했다.

처음에는 하루에 5가지의 감사를 써보자 했는데, 쓰다 보니 감사가 점점 늘어나서 지금은 감사 자체가 삶이 되었다. 이제는 하루 최소한 10가지 이상의 감사 제목을 줄줄이 쓸 수 있게 되었다. 4년째 꾸준히 쓰다 보니, 놀라운 일이 생겼다. 그것은 지나온 시간만이 아니라, 자연스럽게 미래 또한 감사하게 되었다는 점이다.

매일 아침기도와 말씀 읽기, 성경필사를 하면서 감사 노트를 적는다. 물 흐르듯 자연스럽게 오늘 하루의 일과를 미리 감사하면서 쓰고 있다. 저녁에 하루를 돌아보며 감사 노트를 열어 보면, 아침에 감사했던 내용이 그대로 이루어져 있었다. 정말 놀라운 기적이다.

"내 마음의 소원대로 감사하며 고백한 내용을 그대로 이루어주신 우리 아버지 하나님께 감사와 찬양을 드립니다."

모두에게 감사 노트 쓰기를 권하고 싶다. 감사가 우리의 삶을 얼마나 풍성하고 살맛나게 해 주는지를 보다 많은 분들이 체험하며 살아가면 좋겠다. 우리 하나님께서 말씀하시기를 '내 귀에 들린 대로 이루어주겠다' 하셨다. 범사에 우리 하나님께 미리 감사를 드림으로써, 모든 믿음의 사람들이 앞으로 남은 삶을 더욱 행복하게 열어 가기를 간절히 소망한다.

우리 가정의 복된 물질 이야기

1992년 의정부 신촌교회에서 연합부흥회가 열렸다. 나는 직장에서 퇴근하자마자 집회 장소로 달려갔다.

말씀을 전하는 강사 목사님이 자신의 헌금 생활을 간증했다. 매주 감사헌금을 드린다는 말씀이 내 마음에 꽂혔다. 나는 매주 감사헌금을 할 수 있는 사람들은 장사하는 분들만 가능하다고 생각하고 있었다. 왜냐하면 상인들은 매일매일 돈을 벌어서 수중에 돈이 항상 있으니 가능하다고 믿었다. 그래서 직장에 다니는 사람들은 매달 십일조를 드릴 때 한 번에 드리는 것이라고 생각했다. 그런데 강사 목사님은 매달 사례비를 받으면 4주간의 감사헌금을 미리 준비해 놓는다고 했다. 할렐루야!

나는 그 부흥집회에 참석했던 이후로 지금까지 매주 감사예물을 드리고 있다. 사례비를 받으면 곧장 헌금부터 준비한다. 십일조, 매주 감사예물, 건축헌금, 선교헌금, 구제헌금, 중식헌금, 주정헌금, 구역헌금 등이다. 십일조보다 감사 예물을 더 많이 드리고 있는 것 같다.

어느 날엔 잘 알고 지내는 사모님으로부터 자녀를 위해서 20일씩 작정 금식기도를 했다는 말씀을 들었다. 나는 금식기도는 자신이 없었다. 그 대신에 매달 한 번씩 자녀들을 위한 작정 감사예물을 구별하여 몇 년간 하나님께 드리고 있다. 솔직히 우유도 마음껏 사먹지 못하는 우리 집 형편에 매달 5만원의 작정 감사예물은 내게 귀한 물질이 아닐 수 없었다. 평소 우리 집 밥상에 올리는 반찬은 두어 가지뿐이었다. 두부, 콩나물, 어묵 김치찌개가 단골 메뉴였다. 소고기는커녕 돼지고기도 한 달에 한두 번 겨우 먹는 형편이었다.

나는 물질의 여유가 그다지 없지만, 순간순간마다 감동을 잘 받아서 하나님께 드리기를 좋아한다. 돌이켜 생각하면, 바로 이런 점을 보시고 하나님께서 우리 가정에 복을 주시는 거라고 믿고 있다. 그래서 우리 아이들은 하나님께서 보내 주신 천사들의 손길로 무럭무럭 자라났다. 오죽하면 다른 아이들은 급식이 맛이 없다고 한다는데, 우리 자녀들은 급식이 진수성찬이라며 좋아했다.

전에 불암산 시내의 산 기도원에 금요 철야기도를 하러 다닐 때도, 기도원에서 땅을 산다는 소식을 들었을 때도 즉석에서 헌금을 했다. 35세 때는 장애우 기관에 큰 전기밥솥이 3개가 필요하다고 해서 흔쾌히 사드렸다.

고마운 아들 며느리

아들이 말했다.

"어머니, 며느리 될 사람 걱정 안 하셔도 됩니다. 제가 사귀는 여자친구가 예수님 믿는 아가씨예요."

또 그 어머니는 권사님이라며 힘주어 말했다. 결혼을 앞두고 우리 집을 방문한 예비 며느리에게 3가지만 잘하면 좋겠다고 부탁했다.

첫째는 주일을 온전히 지키는 것.

둘째는 온전한 십일조 생활.

셋째는 감사의 삶을 사는 것.

나머지는 바라는 것 하나도 없고 무조건 통과였다.

아들 내외가 결혼한 지 8년이 지났는데, 그때부터 지금까지 내가 부탁한 것을 잘 실천하고 있어서 너무 고맙고 감사할 뿐이다. 지난 8년 동안 부모에게 한 번도 손 내밀지 않고, 열심히 자기들 삶을 꾸려가니 이 또한 감사하다. 8년 전 아들 결혼식 때, 아들 내외가 준비해 온 한복과 양복을 입고 주의 이름으로 축복해 준 것이 우리가 부모로서 해 줄 수 있는 전부였다.

아들 내외는 신혼 초에 전세대출로 시작했지만, 2023년에는 아파트를 분양받아 입주했다. 또한 두 남매를 낳아 기르며 부모로서도 잘 지내고 있다. 이 모든 것이 하나님의 은혜가 아니고는 뭐라 표현할 수가 없다.

우리가 지금까지 아들의 가정을 위해 한 일이 있다면, 오직 하나님 앞에서 성실히 살아왔고 자녀들을 위해서 우리 하나님께 간절하게 기도한 것뿐이다. 집안 대소사나 가족이 모일 기회가 있을 때마다, 늘 우리 내외를 극진히 섬기는 아들 며느리가 기특하고 고맙다. 더욱이 여동생을 잘 챙기는 우애도 예쁘고 감사하다.

우리 내외가 확신하는 것은 우리 가정에 물질은 풍족하지 않지만, 최고의 무기인 하나님을 잘 섬기고 있으니 우리 아버지 하나님께서 반드시 큰 은혜와 사랑을 아들 내외와 손주들에게 풍성하게 베풀어주시리라 믿는다.

또 우리가 늘 간절히 소원하는 것은 저들 가정이 오직 주님을 기쁘게 해드리는 믿음으로 살아가는 것이다. 우리 하나님께서 보배롭고 큰 믿음을 저들 가정에 꼭 내려주실 줄 믿으며, 지금까지 저들과 함께해 주신 우리 아버지 하나님께 감사와 찬양을 돌려 드립니다.

손주를 키우면 젊어집니다

며느리의 출산휴가가 끝나자, 8개월 된 손녀가 우리 집으로 왔다. 손녀는 주중에는 우리와 지내고 주말에는 집으로 돌아간다. 그렇게 지낸 세월이 벌써 7년이 지났다. 손녀 단아는 이제 초등학교 입학 때문에 완전히 저희 집으로 돌아갔다. 며느리가 딸을 위해서 1년 동안 휴직을 한 덕분에, 어린이집 마지막 2주간도 엄마와 함께 어린이집에 다녔다.

손녀를 돌볼 때 손이 많이 가던 2, 3세 때에는 고모인 예진도 조카를 돌봐주고, 특히 할아버지가 많이 도와주었다. 목욕시키기, 같이 놀아주기 등 힘든 돌봄은 거의 할아버지 몫이었다. 할머니인 내가 가사에 전념할 수 있도록 손녀 돌보는 일을 가족들이 함께해 주니, 집안일이 한결 수월했다.

주변에서 손주를 키우는 사람들이 무척 힘들다고 하시는데, 경험상 손주는 할머니 혼자 키우는 것보다 부모와 할머니 할아버지까지 다 함께 키우면 훨씬 수월하게 감당할 수 있다. 무엇보다 아이의 성격 형성이나 정서 발달에도 도움이 된다.

사람을 좋아하며 인간관계도 잘 맺는 것은 물론이다.

우리 내외는 가능한 자녀들이 신경 쓰지 않게 기도하면서 정성을 다해 손녀를 양육했다. 아들과 딸을 키울 때 미처 살펴주지 못했던 전폭적인 사랑을 부어주며 지극한 관심을 쏟아부었다. 덕분에 우리 하나님께서 손녀로 하여금 심신이 건강한 아이로 자라게 해 주셨다.

손녀 덕분에 아들 내외에게 조금은 떳떳한 할아버지 할머니가 된 것 같다. 아들 내외가 단아를 잘 키워 주셔서 감사하다는 인사를 할 때 마음이 울컥했다. 우리는 손녀와 함께하는 동안 젊은 엄마들은 물론 선생님들과 교제할 수 있어서 행복했다. 그리고 이 아이가 뿜어내는 순수하고 밝은 기운이 우리 내외를 환하게 웃게 했고, 자주 가슴 뛰게 해 주었다. 그것이 자양분이 되었던 걸까. 우리 내외는 젊은 부모가 된 것처럼, 몸과 마음이 날마다 싱싱했다.

첫 손녀 이후 거의 7년 만에 둘째 손자가 태어났다. 첫 손녀를 돌보던 때처럼, 아니 그때보다 더한 지혜와 힘을 달라고 우리 주님께 요청기도 하고 있다. 이번에는 아들 내외가 우리를 더 많이 도와줘야 할 것 같다. 모르긴 해도 7년 전보다 우리 내외의 육신이 조금 더 약해졌기 때문이다. 그래도 우리 하나님이 함께하셔서 거뜬하게 해낼 수 있는 힘을 주시리라 확실히 믿고 있다. 아니 벌써부터 손자와의 연애에 푹 빠져 날마다 가슴이 뛴다.

손주들아. 태어나줘서 고맙고 감사하구나. 할아버지 할머니가 많이 사랑해 줄게.

값비싼 파마의 진실

주 예수님을 소개하고 싶은 동갑내기 지인이 우리 동네 근처에 살고 있다. 늦은 나이에 남편과 이혼했지만, 좌절하지 않고 열심히 잘 지내는 중이다. 또 감사한 것은 그녀가 가게를 운영하는 것이다. 여자들이 자주 찾는 미용실을 운영하고 있어서, 외로움을 느낄 새가 별로 없다니 감사하다.

나는 거의 70세가 되었지만, 지금까지 5만 원이 넘는 파마(펌) 비용을 지불하고 머리를 한 적이 거의 없다. 그런데 요즘 사람들은 5만 원 이상의 돈을 척척 지불하고 파마를 한다. 정말 내 심장이 깜짝 놀랄 일이다. 서울우유도 비싸서 못 사 먹던 내가 평소 파마 가격의 거의 두 배를 주고 파마를 하게 되다니. 있을 수 없는 일이었지만 현실이다. 그 같은 과감한(?) 지출은 내가 정한 전도비용 때문이었다. 그 지인을 전도하기 위해서 망설이지 않고 쓰는 것이다. 내 마음이 그분에게도 전달되기를 간절히 바란다.

미용실 원장님은 아직 교회에 나오지는 않지만, 성경 구약에 등장하는 기생 라합처럼 주위 사람들에게 교회에 관해서 잘 안내를 하고 계신다. 어서 속히 그 심령이 열려서 우리 주님을 영접하실 수 있기를 간절히 소원한다. 그래서 그 친구가 나와 같이 우리 주님으로 인해 행복한 삶을 살아가기를 간절히 소망한다.

하나님의 이름으로

어느 해 추석 명절을 시댁에서 보내고 친정으로 가던 길에 교통사고가 났다. 남편이 좌회전하면서 전봇대를 못 보고 부딪혀서 차량수리비가 85만 원이 나왔다. 그 차에는 우리 4식구가 타고 있었는데, 다행히 부상의 피해는 없었다. 하지만 85만 원은 우리에게 엄청나게 큰돈이었다. 그러나 어쩔 도리가 없었다. 빚을 내서라도 물어야 할 돈이었다.

그 사건이 있던 이후에 의정부 제일 교회에서 연합부흥집회가 열렸다. 그 집회에서 군부대 선교를 위한 작정헌금 시간이 있었다. 나는 워낙 형편이 어려우니까 전혀 헌금할 생각도 없이 여유가 있는 사람들이 작정하시겠지 하면서 헌금순서가 지나가기만을 기다렸다. 그런데 문득 지난 추석에 일어났던 교통사고가 생각났다. 아무리 돈이 없어도 사고가 나니까 빚을 내서라도 해결하지 않았던가.

나는 즉석에서 건축헌금을 작정했다. 우리 하나님께서는 중심을 보신다고 하셨다. 나는 기쁘고 감사한 마음으로 동참했다.

존경받는 시어머니가 되고 싶다

아들이 며느리와 연애할 때였다.

"우리 엄마는 시집살이를 시킬 시어머니가 아니야."

아들이 연인 앞에서 엄마 자랑을 했다고. 결혼 후 며느리는 불편한 점이 있을지 모르나, 아들의 호언장담처럼 꼰대 시어머니가 되지 않으려고 애쓰는 중이다. 결혼한 아들 내외는 집에서 2, 3분 거리에 살고 있다. 그러나 우리는 200~300km 밖의 거리에 떨어져 사는 것 같이 지낸다. 아들 내외가 원하기 전에 우리가 먼저 아이들 집에 가지 않는다. 그렇지만 아이들은 언제든지 집에 올 수 있도록 처음부터 우리 집 대문 열쇠를 며느리에게 주었다.

첫 손녀 단아를 출산하고 출근하기까지 지난 9개월 동안 아들 내외는 아기를 잘 키웠다. 대견했다. 사소한 일에도 쪼르르 아기를 데리고 매일 올 줄 알았는데, 아주 의연하게 부모 노릇을 해냈다.

성경에 시어머니 나오미에게 '어머니의 하나님이 나의 하나님'이라고 고백한 며느리 룻처럼, 우리 며느리가 '어머니의 하나님이 바로 나의 하나님'이라 말하는 고백을 듣고 싶다. 신앙을 가진 시어머니로서 아직 믿음의 초보인 며느리에게 앞으로 신앙적으로나 가족으로서도 존경받는 시어머니가 되고 싶다.

주님의 이름으로 여러분을 축복하며
사랑을 전합니다

나는 우리 주님을 만난 이후 주님과 함께해서 언제나 행복했습니다. 오늘도 여전히 기쁘고 행복하답니다. 사도바울의 고백처럼 매 순간 살아도 좋고 죽어도 좋습니다. 왜냐면 언제나(모든 날 모든 곳, 땅 위나 하늘에서) 주님과 함께하니까요. 이 행복한 은혜가 여러분 모두에게 충만하시기를 간절히 구합니다. 끝으로 인연이 닿은 사람이나 인연이 먼 사람들도 모두 주님의 이름으로 축복하며 사랑을 전합니다.

언제나 선하신 주님께 감사와 찬양을 올려드립니다. 할렐루야!